Nikola Huppertz

# Mein Leben, mal eben

Nikola Huppertz

# MEIN LEBEN
## mal eben

COPPENRATH

MIX
Papier aus verantwortungsvollen Quellen
FSC® C014496
www.fsc.org

5 4 3 2 1

ISBN 978-3-649-66990-6


Text: Nikola Huppertz
Quellenangaben: Seite 255
Covergestaltung: Irmela Schautz
Lektorat: Frauke Reitze
Satz: Helene Hillebrand
Printed in Germany

www.coppenrath.de

Das ebook erscheint unter der ISBN 978-3-649-62331-1.

»Du hörst nicht auf,
dich selbst auszugraben.
Du willst diese Selbsterkenntnis /
willst sie nicht.
Verdammt harte Scheißaufgabe.«

David Shields, *Reality Hunger*

## Sonntag, der 19. August
(Der Tag der guten Vorsätze)

Das Spiel lädt.

Keine Ahnung, was so lange daran dauert, eine stinknormale Familie zu erschaffen. Ich fürchte, es liegt an dem Laptop, den meine Mutter (genauer gesagt, MaMi) mir dafür abgetreten hat:

Original Jungsteinzeit
Baujahr: 8627 v. Chr.
Typus: Sanduhr

Dabei müssen meine Figuren noch in ihr Haus einziehen, ein bisschen Geld verdienen und die allernötigsten Möbel anschaffen, bevor morgen in meinem eigenen Leben die Schule wieder losgeht. Dummerweise hab ich die ganzen Ferien über nicht daran gedacht, mich um dieses Spiel zu kümmern, wegen Urlaub und Sonne und Büchern und allem. Ferien sind einfach, hm, die sind wie eine knatschbunte Vogelinsel, auf die man sich in einem Fluss voller Krokodile rettet. Kaum ist man getrocknet und hat die blumigen Düfte in der Nase, vergisst man, was es bedeutet, Tag für Tag ums Überleben zu kämpfen. Man kann sich überhaupt nicht vorstellen, dass man bald schon wieder ins Wasser geschubst wird. (Beziehungsweise in die achte Klasse kommt.)

Und jetzt hab ich den Stress und muss mich auf den letzten Drücker vorbereiten, sonst stehe ich morgen als Volldepp da, wenn Mia und Frederike in der Pause erzählen, dass ihre Frauen in den Ferien wieder drei, vier, fünf Babys in die Welt gesetzt haben – oder dass ihre Mädchen erwachsen und sehr erfolgreiche Topmodels geworden sind.

»Und deine?«, heißt es nämlich als Nächstes. »Oder hast du immer noch nicht …«

»Doch, doch!«, ruf ich dann. »Aber bei mir liegen gerade noch alle Leute im Familienkoffer und leiden unter Computerkollaps.«

Nicht lustig.

Immerhin funktioniert dieses Schreibprogramm, wie man sieht (und zwar ohne Pannen). **Die** verschiedenen SCHRIFTEN, alle >.-,#+!*»Zeichen«:;?&%§$< und ([{Klammern}]). Es funktioniert so gut, dass ich glatt meine Lebensgeschichte mal eben aufschreiben könnte, bevor das Spiel zu Potte kommt. Meine Memoiren vom Tragebeutel bis zur Bahre, einschließlich des traurigen Nachrufs:

***Im Gedenken an Anouk Vogelsang,***
***geboren mit dem Unnormal-Gen,***
***gelebt, gelitten und gestorben,***
***hinabgestiegen in das Reich des Todes***
***und nie wieder auferstanden,***
***da sie vermutlich noch dort unten***
***irgendwas Komisches verzapft.***

Oder wie soll man es sonst nennen, wenn einfach bei allem, was man in seinem Leben anfängt, was anderes rauskommt, als man geplant hat?

Gestern zum Beispiel: Meine Mutter (genauer gesagt, Matrix) hat mir Geld gegeben, damit ich mir was zum Anziehen kaufe. Weil ich mich bei ihr über das japanische Wickeloberteil beschwert hab, das meine andere Mutter (also MaMi) mir frei nach ihrem Entwurf für *Madame Butterflys* Hochzeitsszene geschneidert hatte. Sie (MaMi) kann es einfach nicht lassen, weil sie so verknallt in all die Kostüme ist, die sie sich fürs Opernhaus ausdenkt.

Dass MEIN Leben keine Oper ist und ICH mich mit den Sachen nicht auf einer Bühne verstecken kann, vergisst sie schon mal dabei.

Matrix hat auch erst nicht so recht kapiert, wo das Problem lag.

»Ist doch todschick«, hat sie gesagt, ohne überhaupt richtig hinzugucken, wie ich in dem verhedderten Ding aussah. (Ungefähr wie Harry Houdini kurz vor einem lebensgefährlichen Entfesselungstrick.) Matrix war nämlich gerade damit beschäftigt, den Fettfilter von unserer Geschirrspülmaschine zu reinigen.

»TODSCHICK, genau!«, hab ich ihr geantwortet. »Ich werde morgen aber zufällig NICHT Hochzeit feiern, sondern muss wieder in die Schule. Oder darf ich die wohl bitte abbrechen und aus Hannover wegziehen, um einen amerikanischen Offizier zu heiraten und seine Geisha zu werden? Dann muss ich wenigstens nicht ständig MaMis und deine Schnapsideen ausbaden.«

Das hat gewirkt.

Matrix hat sich umgedreht und mich mit gerunzelter Stirn betrachtet. Und obwohl ihr Nun-wollen-wir-doch-erst-mal-sehen-was-hier-eigentlich-los-ist-Blick mehr an meinem Gesicht hängen geblieben ist als an meiner japanischen Zwangsjacke, hat sie den Ernst der Lage nun offenbar endlich erkannt. Sie hat sich notdürftig die Finger abgewischt, ihr Portemonnaie geholt und mir zwei schöne, glatte Scheine in die Hand gedrückt.

»Such dir aus, was du willst«, hat sie gesagt. »Und ohne dass dir jemand reinredet.«

Manchmal ist Matrix echt großzügig. Vielleicht wollte sie aber auch einfach nur mit dem doofen Filter fertig werden und den Samstag für andere Dinge nutzen. Um sich in die Brombeerhecken am Bahndamm zu schlagen, zum Beispiel, und im Laufe des Wochenendes fünf Kilo Marmelade einzukochen.

(Matrix' Marmeladen sind die leckersten der Welt [unangefochten!].)

Jedenfalls.

Ich bin mit der Tram in die Stadt gefahren, weil mein Fahrrad schon seit dem zweiten Tag der Sommerferien platt ist, und hab unterwegs beschlossen, auf direktem Weg zu *h&m* zu gehen, wo Mia und Frederike immer ihre Klamotten herhaben. Es war mein ehrlicher und fester Plan.

Für den Rest kann ich nichts. Ich hab sogar knallfest die Augen zugemacht, als ich am *Ohrenschmaus* vorbeigekommen bin.

Aber dann bin ich um ein Haar mit einer alten Omi zusammengerasselt, hab einen Anschiss kassiert und musste wieder ein bisschen gucken.

Und was hab ich gesehen?

Die weit geöffnete Eingangstür. Und hinter der weit geöffneten Eingangstür die ausladenden Tische mit den CDs. Insbesondere: den Tisch mit den Metal-CDs. Auf seinem Rand balancierten winzige Rocker mit tätowierten Oberarmen. Sonst bemerkte sie natürlich niemand, doch mir winkten sie umso begeisterter zu. Und genau das ist mir zum Verhängnis geworden.

Es ist bestimmt nicht so, dass ich es WILL, aber ... nun ja. Ich steh total auf Metal.

Das liegt daran, dass Philipp mich immer zu den Konzerten von *Gryphos* einlädt, und zwar schon seit ich denken kann. Frühkindliche Prägung nennt man das und es funktioniert so ähnlich wie Muttermilch und Kuscheln und Zuhausegeruch. Man ist der Sache sozusagen hilflos ausgeliefert, ob sie einem nun nützt, weil alle anderen (zum Beispiel die Leute in der Schule) sie auch toll finden, oder ob sie einem schadet, weil alle anderen (zum Beispiel die Leute in der Schule) sie unnormal finden.

Man liebt die Sache aber trotzdem weiter, weil man so an sie gewöhnt ist und weil Gewohnheit wieder neue Liebe fabriziert, und so finden einen die anderen immer unnormaler und unnormaler, und was das heißt, weiß wirklich jeder, der unnormal IST.

*Gryphos* also.

*Greif.* Der große, kluge Vogel mit den ungemütlichen Löwenkrallen.

Und: die Band von Philipp Trapper. Die Independent-Metal-Band, um genau zu sein.

Am Anfang ist immer entweder MaMi oder Matrix zu Philipps Konzerten mitgekommen, aber es hat jedes Mal Streit gegeben, wer ranmuss und wer verschont bleibt. Darum geh ich mittlerweile allein hin. Mit dreizehn ist man ja wohl auch wirklich zu alt dafür, um sich von seinen Müttern in irgendwelche Undergroundclubs begleiten zu lassen. Ich muss nur jedes Mal hoch und heilig versprechen, Ohropax zu benutzen und mich backstage nicht versehentlich mit Bier versorgen zu lassen.

»Bei Philipp weiß man ja nie«, kann MaMi sich dann nicht verkneifen zu sagen, und dabei rollt sie bedeutungsvoll mit den Augen.

Doch sie meint es kein bisschen böse. Das steht fest. Auf Philipp sind MaMi und Matrix niemals böse, OBWOHL sie seine Musik bescheuert finden und OBWOHL man bei ihm wirklich nie weiß.

Bier finde ich aber sowieso eklig. Metal geht genauso gut mit Apfelschorle.

Jedenfalls, der *Ohrenschmaus*. Die weit geöffnete Eingangstür. Die winkenden Rocker. Die rappelvollen Tische. Ich bin einfach nicht dran vorbeigekommen, und rausgekommen bin ich erst recht nicht, zumindest nicht, ohne einen von Matrix' Scheinen dazulassen. Es hat sich aber wirklich gelohnt, ihn zu opfern: für vier gebrauchte CDs, unter anderem das limitierte *Cynic*-Album von 2008.

*Hell yeah!*

Der zweite Schein ist drei Läden weiter im *Bücherwurm* geblieben. Er ist mir direkt vor dem großen Schaufenster aus der Hosentasche gefallen, hat sich vor meinen Augen zu einer wunderschönen Origamischwalbe zusammengefaltet und ist geradewegs in die Jugendbuchabteilung geflattert, wo er in elegantem Gleitflug im Fantasyregal gelandet ist. Mit ihm allein hätte ich bei *h&m* sowieso nicht mehr viel ergattern können. (Schätz ich mal.) Für zwei Taschenbücher hat er aber noch gereicht. Jetzt hab ich endlich die *Kane-Chroniken* komplett und hab seit gestern 284 Seiten gelesen.

Nur, was ich morgen anziehen soll, das weiß ich immer noch nicht. *Madame Butterfly* scheidet auf alle Fälle aus. Lieber geh ich im Schlafanzug in die Schule, der ist wenigstens nicht gefährlich.

Gerade haben MaMi, Matrix und ich Abendbrot auf dem Balkon gegessen (Fladenbrot mit warmer Brombeermarmelade [sehr lecker!]), zu dritt die Nachrichten geguckt (also, nicht auf dem Balkon, sondern im Wohnzimmer) und uns darüber aufgeregt, was in der Wahnsinnswelt so los ist (Kriege, Kanzler, Katastrophen).

»'ne kleine Runde Skat, bevor ich mich noch mal an den Schneidertisch hocke?«, hat MaMi gefragt, nachdem sie den Fernseher ausgeschaltet und sich einigermaßen beruhigt hatte.

Wobei man vielleicht anmerken muss, dass ihr SCHNEIDERtisch ein riesengroßer SCHREIBtisch ist, mit Computer (plus ihrem neuen Laptop), Zeichenbrett und allem Pipapo. Die eigentliche Nähecke ist eher klein, weil Kostümbildner nur so tun, als würden sie Kostüme bilden, und schneidermäßig andere für sich schuften lassen. Obwohl MaMi aber eben auch nähen KANN, und zwar besonders gut Kostüme (zu meinem Pech).

Fast noch besser kann sie Skat zocken (auch zu meinem Pech), und genau das hat sie also vorgeschlagen, vorhin, nachdem der Nachrichtensprecher sich freundlich verabschiedet hatte und wir seine Horrormeldungen zusammen mit dem Brombeerbrot verdaut haben. Doch ich hatte es plötzlich eilig, in mein Zimmer zu kommen.

DENN …

»Mein Spiel!«, hab ich gerufen, und vor lauter Aufregung hab ich das Sofakissen in hohem Bogen von meinem Schoß geschleudert. »Das muss doch jetzt endlich mal fertig geladen haben.«

Matrix hat das Kissen mit vorwurfsvoller Miene aus der *Vanilla planifolia* geangelt. Dabei kann ich nichts dafür, dass die Zimmerpflanzen bei uns so dicht wachsen wie im tropischen Regenwald. Mir gehen ja sogar Kakteen ein, das weiß Matrix genau. Den Dschungel hat sie sich ganz allein zuzuschreiben, beziehungsweise ihrer Landschaftsarchitektur, mit der sie auch vor unserer Wohnung (also Matrix' Lieblingslandschaft) nicht haltmacht.

»Aber nicht die halbe Nacht zocken!«, hat sie deshalb auch nur gesagt und die *Vanilla* tröstend gestreichelt.

»Morgen geht die Frühaufsteherei wieder los«, hat MaMi mit einem Stoßseufzer bekräftigt.

MaMi hasst Schultage mindestens so sehr wie ich, weil sie spätabends meistens ihren *kreativen Kick* bekommt, lauter Kleider, Stulpen, Schuhe und Hüte erfindet und dann höchstens drei, vier Stündchen geschlafen hat, wenn der Wecker klingelt.

Matrix hat noch irgendwas gesagt von wegen, wer denn in dieser Familie fürs Frühaufstehen zuständig sei und fürs Kaffeekochen und Frühstückmachen und Schulbrotschmieren und Autoausparken, aber so genau hab ich nicht mehr hingehört.

**Wusch** war ich in meinem Zimmer und **wusch** an meinem Schreibtisch. **Klick,** Bildschirmschoner weg, **klick,** Schreibprogramm zu, **klick,** zum Spiel.

Und?

Na?

Die Sanduhr.

Immer noch.

»Geh ins Neandertal!«, hab ich sie angeschrien, aber sie hat nicht reagiert. Sie war genauso unnormal wie alles andere, mit dem ich es zu tun kriege, seit ich mitsamt meinem Unnormal-Gen auf dieser Welt bin.

Und während ich sie angesehen hab, wie sie so starr auf dem Bildschirm hing, als wollte sie für alle Ewigkeiten weiterrieseln – da ist mir klar geworden, dass immer alles bleibt, wie es ist. Weil man so sehr an das gewöhnt ist, was man hat, und weil man es eben gewohnheitsliebt, und weil man aus Gewohnheitsliebe selber immer alles gleich macht. Und darum verändert sich auch überhaupt nichts an dem, was man NICHT hat (zum Beispiel: Friede, Freude, Freunde). Man kommt zwar in die nächste Klasse, aber sonst bleibt alles beim Alten.

Es sei denn, man strengt sich an und hört auf, alles wie immer zu machen. Dann sind vielleicht auch die Krokodile nicht mehr so gefährlich, wenn man wieder durch diesen Fluss schwimmen muss, der Schule heißt.

Also hab ich das Schreibprogramm schnell wieder geöffnet. Um die bescheuerte Sanduhr nicht mehr länger sehen zu müssen, bevor der Figurenkoffer aufgeht und ich endlich loslegen kann mit der Familienerschaffung. Und weil ich einen Beschluss gefasst hab, den ich vorher noch unbedingt aufschreiben wollte.

> Er lautet:
> Ab sofort wird alles anders.
> Ab sofort wird mein Leben NORMAL.
> So wahr ich Anouk Vogelsang heiße!

Ich hab mir auch gleich überlegt, was ich alles machen könnte, um ein NORMALES Leben zu führen. Erst hatte ich nur zwei oder drei Ideen (was wiederum an meinem Gen liegen muss). Aber dann hab ich an Mia und Frederike gedacht, zu denen ich mich morgen in der Pause wieder stellen werde. Obwohl ich den bösen, aber begründeten Verdacht hab, dass sie hinter meinem Rücken über mich lästern:

»Anouk hat noch nie …«

»Anouk hat schon wieder …«

»Anouk findet …«

»Anouk sagt …«

»Anouk macht ...«

»Anouk ist bestimmt ...«

»Bei Anouk zu Hause ...«

Und mit einem Mal ist mir so viel Unnormales zum Ändern eingefallen, dass ich aufpassen muss, nichts davon zu vergessen.

Hier kommt eine *Merkliste*.

Ich werde ab sofort:

1. angesagte Sachen machen (je nachdem [umhören!])
2. Computer spielen (mach, du doofer Laptop!)
3. shoppen (und zwar: Klamotten)
4. Popmusik hören (statt Metal)
5. mich schminken (herausfinden, wie!)
6. mitreden können (siehe 1., 2. und 4.)
7. mehr mit Leuten unternehmen (zum Beispiel 3.)
8. nicht immer nur Bücher lesen, sondern auch Zeitschriften (siehe 4.–6.)
9. insgesamt aber weniger in meinem Zimmer rumhocken, um
10. genug Zeit für alles andere zu haben.

So. Und jetzt fang ich an.

Und zwar mit Punkt 2: dem Spiel.

TROMMELWIRBEL, TUSCH, FANFARE ...

... und Sand.

Sandsandsand, der in feinen Körnchen auf meinen Schreibtisch rieselt.

## *Hell no!*

Ich fass es nicht.
Der Steinzeit-Rechner hat den Ladevorgang abgebrochen.

## Montag, der 20. August
### (Der Tag der neuen Mitmenschen)

Also heute ...

Okay, das kann jetzt auch noch hier rein, obwohl das eigentlich keinen Sinn mehr ergibt mit meinen Memoiren. Ich kann ja schlecht mit einem Programm um die Wette schreiben, das es gar nicht mehr gibt. Und zwar: weil ich gestern Abend alles, was von dem Spiel auf meinem Laptop gelandet war (nicht viel), wieder gelöscht hab. Dann: Trash-Eimer entleert und auf Nimmerwiedersehen weg damit!

Um ein Haar hätte ich auch die Software weggeschmissen, und zwar in den echten Trash-Eimer, der in der Küche steht. Aber dann ist mir rechtzeitig eingefallen, dass ich's ja vielleicht irgendwann noch mal probieren kann mit dem Hochladen.

Mach ich VIELLEICHT, wenn ich mich vollständig wieder abgeregt hab.

WENN.

In der Zwischenzeit hat es allerdings dermaßen viel Zusatzärger gegeben, dass das dauern kann. Als ich von der Schule nach Hause gekommen bin, wollte ich nicht mal mit MaMi Basilikum-Knoblauch-Spaghetti essen, obwohl die zusammen mit Flammkuchen, gefüllten Weinblättern und Zitronenmilchreis meine Leibspeise sind und obwohl ich jetzt Hunger hab wie irre.

Und zwar.

Ich hab natürlich doch das japanische Wickeloberteil anzogen, heute Morgen. Und vielleicht wär es besser gewesen, wenn ich auf dem Schulweg mit einer der Stoffbahnen an einem Ast hängen geblieben wär und nicht mehr vor noch zurück gekonnt hätte, bis mich (sagen wir, ungefähr gegen Schulschluss) jemand voller Mitleid und Ergriffenheit befreit hätte.

***Sehen Sie hier: Anouk Vogelsang,<br>baumelnd im liebevollen Geschenk ihrer Mutter<br>(genauer gesagt, MaMi),<br>einer Henkersschlinge mit japanischem Knoten.***

Denn so eine morgendliche Begrüßung durch einen Baum hätte sich bestimmt netter angefühlt als die, mit der ich im Flur vor dem Klassenraum empfangen wurde.

»WIE – SIEHST – DU – DENN – AUS?«, hat Frederike gerufen, kaum, dass sie mich entdeckt hatte – eingequetscht zwischen irgendwelchen Oberstufentypen, die wie ich in allerletzter Sekunde in der Schule angekommen waren und mich ohne Fluchtmöglichkeit vor sich herschoben. Und sofort rätselte die gesamte Klasse laut los, in was für sonderbare Stoffstreifen ich an diesem schönen Spätsommertag im August gewickelt war.

»Mumienbandagen?«

»Mullbinden?«

»Klopapier?«

Dabei konnte ich die vierundzwanzig mal zwei Blickpfeile, die dabei auf mich abgefeuert wurden, gerade kein bisschen gebrauchen. Im Gegenteil, eigentlich war ICH diejenige, die etwas Interessantes entdeckt hatte und ungestört gucken wollte.

Da stand nämlich eine Neue, ganz in der Nähe von Mia (die noch ein bisschen busiger und braungebrannter war als vor den Ferien) und Frederike (die noch ein bisschen größer und germanischer war), ganz so, als hätten sie sich schon gegenseitig zugenickt und vielleicht sogar ein paar Worte miteinander gewechselt.

Natürlich hat auch sie sich nun nach mir umgedreht, und was soll ich sagen?

Sie sah nett aus, die Neue.

Sie sah sehr nett aus zwischen all den anderen, die gerade nicht so nett waren.

Sie sah haargenau so aus wie eine, die man gerne zur Freundin haben möchte, nämlich lieb und freundlich und mit großen, hellen Augen in dem schmalen Gesicht.

Eine, von der alle sagen: Wow!

Eine, an deren Seite das Unnormal-Gen in mir gar keine Chance mehr hätte, weil sie nämlich nichts davon WÜSSTE, sondern stattdessen mein Ab-sofort-normales-Leben kennenlernen würde. Das Unnormal-Gen würde einfach lahmgelegt werden und alle meine übrigen Gene (ganz besonders die Freundinnen-Gene) könnten sich richtig austoben.

Im Haar der Neuen saß ein bunt gescheckter Schmetterling, der mit Glitzeraugen umherspähte und ab und zu eine Runde um ihren Kopf schwirrte, als hätte er vor, ihr den direkten Weg zu dem Mädchen zu weisen, das in dieser Klasse am allerbesten zu ihr passte.

Ich war mir sicher, sie würde mich mögen. Ich war mir sicher, wir würden uns sofort anfreunden, wenn ich es geschickt anstellen würde, sie anzusprechen, und wenn nur nicht die ganze Klasse –

»Stoffwindeln?«

»Bettlaken?«

»Wäschesack?«

– ja, wenn eben nicht die ganze Klasse durch den Flur gebrüllt hätte, wie komisch sie mich an diesem ersten Schultag nach den Sommerferien in meinem bescheuerten Wickeloberteil fand.

Aber das war noch längst nicht alles. Eine einzelne Katastrophe lohnt ja nicht, das weiß jeder, der regelmäßig Nachrichten guckt.

Ich wollte mich gerade mit dem Mut der Verzweifelten an Mia und Frederike vorbeischieben, mich dabei lässig nach ihren Figuren erkundigen (was immer noch besser ist, als gar nicht über das Spiel mitreden zu können) und dann irgendwie in die Nähe der Neuen gelangen, um, wenn schon keinen guten ersten, so doch wenigstens einen guten zweiten Eindruck zu machen. War dies gelungen, wollte ich direkt mal Hallo zu ihr sagen, fragen, wie sie heißt, und ganz beiläufig erwähnen, dass ich ihr VIELLEICHT einen Platz neben mir organisieren könnte.

Aber genau da wurde ein letzter Zwischenruf durch den Flur trompetet.

Der Ruf lautete: »Hey, Madame Butterfly!«

Der Rufer war ein etwas zu klein geratener Junge, der sich gerade an die Klasse herangepirscht hatte, und zwar in einem Paar sehr abgenutzter Klettverschlusssandalen, in denen er auch noch Socken trug, die so verrutscht waren, dass sie vorne an den Zehen ein Stück raushingen. Es sah (das muss ich leider sagen) RICHTIG, RICHTIG SCHLIMM aus. Schlimmer noch, als er sich mit genau diesem Schuh- und Strumpfwerk zwischen die ganzen Sneakers und Chucks der 8b-Jungs gemischt hat.

Aber das Schlimmste war, dass ich ihn kannte.

Er mich übrigens auch.

Oder sagen wir es mal so: Ich wusste, was man über Moritz Spiekmann wissen muss, und er wusste, was man über Anouk Vogelsang wissen muss.

Noch Fragen?

1. Was man über MORITZ SPIEKMANN wissen muss:
   - Er spielt seit seinem fünften Lebensjahr Gitarre.
   - Er spielt entsprechend gut (also: sehr).
   - Sein Lehrer ist ein gewisser Philipp Trapper, Sänger und Leadgitarrist von – tadaaa! – *Gryphos*.
   - Er (M.) komponiert außerdem, nimmt seine Stücke auf und bearbeitet die Tonspuren am Computer. Kurz, er ist ein NERD.
   - Er wechselt die Schulen wie seine Unterhosen (mindestens eine pro Schuljahr).

- Er verbringt oft halbe Tage bei Philipp, darf nach dem Unterricht bei ihm zu Abend essen, Musik mit ihm hören und sich mit ihm UNTERHALTEN.
- Einmal war er noch da, als ich mit MaMi und Matrix zu Besuch gekommen bin. Philipp sagte: »Moritz, das ist Anouk, von der ich dir erzählt hab.«
- Er sagte: »Anouk, das ist Moritz, von dem ich dir erzählt hab.«
- Philipp sagte außerdem: »Moritz, das sind Miriam und Beatrix, von denen ich dir erzählt hab.«
- Und Moritz nickte wissend und guckte zwischen Philipps und meinem Gesicht hin und her, als würde ihm bei diesem Abgleich nun auch wirklich noch das allerletzte Licht aufgehen.

2. Was man über ANOUK VOGELSANG wissen muss:
   - Siehe Sonntag, der 19. August!

Also.

Moritz hatte gerufen. *Madame Butterfly.* Er schien wirklich ALLES zu wissen, über mich, über meine Mütter, über sämtliche Produktionen der Niedersächsischen Staatsoper, über die ganze verrückte Welt.

NICHT zu wissen schien er lediglich, was man besser für sich behält, beispielsweise die kostümbildnerischen Anspielungen in der unfreiwilligen Bekleidung irgendwelcher Klassenkameradinnen. Und da er bei seinem Hopping durch die Schulen der Stadt ausgerechnet in MEINER Klasse gelandet war, wurde nun logischerweise automatisch ICH zu seiner Klassenkameradin.

Ich stand zum Denkmal erstarrt da. All meine Gedanken schrumpften zu Staubkörnchen zusammen und verwehten ins Nirgendwo. In meinem versteinerten Kopf hämmerte Metal. Und der Schmetterling in den Locken der Neuen, der sich eben in meine Richtung gedreht hatte, verwandelte sich zu einer Haarspange aus angelaufenem Silber und bunten Steinchen und rührte sich genauso wenig wie ich.

Als ich mich endlich wieder bewegen konnte, war Folgendes passiert:

Pietschi (unser Deutsch- und Musiklehrer Herr von Pietsch [der neuerdings auch unser Klassenlehrer ist]) hatte sich zu uns durchgekämpft und unter Lebensgefahren den Klassenraum aufgeschlossen. In der letzten Sekunde war er zur Seite gesprungen, um nicht überrannt zu werden, als nun alle Tische geentert wurden und nach dem Recht der Stärkeren und Schöneren eine Sitzordnung entstand, an der wahrscheinlich nicht mal die pädagogischen Maßnahmen sämtlicher Lehrer, die unsere Klasse unterrichten, würden rütteln können. Geschweige denn ich, die, noch ziemlich steif und benommen, hinterhergewankt kam.

Ich sah:

- Hinten saßen die Starken.
- In der Mitte saßen die Schönen.
- In der Mitte der Mitte saßen Mia und Frederike.

- Rechts von ihnen (neben der strunzdummen Sophie) saß die Neue.
- Vorne saß der Rest.
- Ganz vorne, am Deppentisch direkt vor Pietschis Lehrerpult, saß Moritz.

Der Platz neben ihm war frei. Es war der letzte freie Platz im ganzen Klassenraum.

Gerade ist MaMi in mein Zimmer gekommen und hat gefragt, ob ich vielleicht Lust auf einen Spaziergang hätte.

Auf einen SPAZIERGANG!

Nicht etwa: auf einen Teller aufgewärmte Basilikum-Knoblauch-Spaghetti, liebevoll dekoriert mit frischer Kapuzinerkresse und Ringelblumenblüten aus Matrix' Balkonzucht. Oder meinetwegen: auf eine Portion selbst gemachte Alabamacreme mit hauchdünnen Schokoraspeln und sehr viel Schlagsahne.

Nein, auf einen –

»Besten Dank«, hab ich nur gesagt.

MaMi hat mich komisch angeguckt. »Bedrückt dich irgendwas?«, hat sie gefragt.

»Ach, nööö«, hab ich geantwortet. »Die Welt ist wunderbar! Ich fühl mich fast so leicht wie Madame Butterfly, nachdem sie beschlossen hat, sich zu erdolchen.«

MaMi hat noch komischer geguckt.

»Kschsch!« Ich hab in Richtung Tür gezeigt.

Sie hat geguckt und geguckt.

Ich bin mit dem Schreibtischstuhl zu meiner Anlage gerollt und hab *21st Century Schizoid Man* von *Shining* angestellt. Jørgen Munkeby hat begonnen zu brüllen.

Da ist sie geflohen und hat die Tür gründlich hinter sich zugeklinkt.

Von Spazierengehen war keine Rede mehr.

Und ich kann weiter von dem Elend schreiben, das heute über mich gekommen ist. Mit knurrendem Magen und genau derjenigen Musik in den Ohren, die ich loswerden wollte, damit das Schuljahr OHNE Elend beginnen kann.

Aaargh!

Es war das übliche Ritual. Die beiden Neuen sollten sich *ganz ungezwungen* der Klasse vorstellen.

»Vielleicht mögt ihr ein bisschen –«, hat Pietschi gesagt und verlegen mit der Hand gewedelt, um die beiden nach vorne zu bitten.

Sämtliche Köpfe der 8b sind in die Höhe geschossen. Es wurde totenstill.

»In Ordnung.« Moritz ist aufgesprungen und hat sich an unserem Tisch vorbeigeschoben, als hätte er nur darauf gewartet, das Wort zu ergreifen. Allerdings hatte er nicht bemerkt, dass einer seiner ausgeleierten Klettverschlüsse aufgegangen war, ist mit vollem Schwung draufgetreten und hätte sich um ein Haar auf die Nase gelegt, wenn er nicht Pietschis Arm zu fassen gekriegt hätte. Nun war es Pietschi, der schwankte, und in die Stille im Klassenraum hat sich ein Kichern gemischt.

Aber Moritz hat sich seelenruhig hingehockt, *ratsch*, auch noch den anderen Klettverschluss geöffnet, seine Socken hochgezogen (offensichtlich darum bemüht, zumindest für kurze Zeit eine symmetrische Ordnung an seine Füße zu bringen) und hat die Klettbänder von Fusseln befreit, sie dabei immer wieder zurechtgeruckelt, um sie schließlich – Schläufchen auf Widerhäkchen, Schläufchen auf Widerhäkchen – mit den Unterbändern zu verschließen.

Das Kichern im Klassenzimmer wurde mit jedem Zurechtruckeln doller.

»Lore?«, hat Pietschi bittend gesagt, und das bedeutete, die Neue sollte den Anfang machen.

Sie stand auf.

Sie setzte den rechten Fuß vor den linken.

Sie setzte den linken Fuß vor den rechten.

Sie setzte den rechten Fuß wieder vor den linken.

Als sie vorne angekommen war, hat sie gesagt: »Ich heiße Lore Pfeifer und bin in den Sommerferien aus der Wedemark nach Hannover gezogen.«

Das war jetzt vielleicht noch nicht so wahnsinnig spannend, aber ich stellte es mir auch ziemlich grauenvoll vor, da vorne zwischen dem Sandalen schließenden Moritz und dem Ärmel zurechtzupfenden Pietschi zu stehen und vor einer versammelten Schulklasse über MICH zu reden.

Jedenfalls fand ich es schon mal außerordentlich sympathisch, dass Lore aus dem Umland (das MaMi und Matrix immer *Speckgürtel* nennen) nach Hannover gezogen war, jawohl. Und ich wollte unbedingt mehr über sie erfahren: Wo genau sie jetzt wohnt, was sie gern in ihrer Freizeit macht und welche Popstars sie gut findet. Um ihr mein Interesse zu bekunden, hab ich sie angelächelt. Ich hab so ermunternd ich konnte gelächelt. Mein Lächeln musste auf jeden Fall bei ihr ankommen.

Beziehungsweise: HÄTTE auf jeden Fall bei ihr ankommen MÜSSEN.

Wäre nicht Moritz im selben Augenblick (mit in fast übernatürlicher Perfektion verhakelten Klettverschlüssen) aufgestanden und hätte sich vor sie geschoben.

»Und ich heiße Moritz Spiekmann.« Er hat sehr ermuntert zu mir zurückgelächelt. »Ich bin noch nie umgezogen, aber ich hab trotzdem schon ein paar Schulen hinter mir und bin dort ’ner Menge Idioten begegnet.«

Hat er gesagt.

Dann hat er die Augen zu zwei Schlitzen zusammengekniffen und sich in der Klasse umgesehen. »Solchen, die die Leere ihrer Schädel mit der Breite ihrer Schultern kompensieren wollten.«

Hat er gesagt.

»Und solchen, die die Pflege ihres Aussehens mit der Entwicklung ihrer Intelligenz verwechselt haben.«

Hat er gesagt.

»Früher oder später haben wir immer Ärger miteinander bekommen. Aber ich bin mir sicher, solche Leute gibt’s in dieser Klasse zum Glück nicht, und wir werden uns alle super verstehen.«

Hat er gesagt und noch einen Blick in die Runde geworfen, bevor er sich wieder in meine Richtung gedreht hat. Für einen Moment kam es mir so vor, als würde zwischen seinen Lippen ein Totenkopfschwärmer hervorschlüpfen und auf mich zutaumeln, aber es war wohl nur ein neues Lächeln, das er auf mich abgefeuert hatte. »Madame Butterfly kenn ich übrigens schon.«

Mit diesen Worten hat er sich, immer weiter lächelnd, wieder neben mich gesetzt.

Und mit diesen Worten war ich endgültig erledigt. Zumindest für diesen Vormittag:

Ich hab kein einziges Wort mit Lore gesprochen.

Ich hab nicht bei Mia und Frederike gepunktet.

Ich hab in meinem japanischen Wickeloberteil auf meinem Deppenplatz neben dem (absonderlichen und [noch schlimmer!] mich immer wieder anlächelnden) Moritz gehockt, hab deprimierte Sätze in das funkelnagelneue Maplepaper-Heft geschmiert, das ich mir extra für mein bestes Fach reserviert hatte und eigentlich besonders ordentlich führen wollte, hab mich am Deutschunterricht beteiligt, wenn Pietschi allzu mitleiderregend auf Wortmeldungen gewartet hat (es ging um verschiedene Verbformen [zur Wiederholung, weil das bei uns offenbar nötig ist]), hab dabei nur *hervorragende* Antworten zustande gebracht und war – *tadaaa!* – die unnormale Anouk.

Wie immer.

Und darum kann ich jetzt eigentlich auch in die Küche gehen und mir MaMis Spaghetti aufwärmen lassen. Wenn ich ausgehungert genug frage, macht sie vielleicht sogar noch eine Alabamacreme zum Nachtisch. Als Festgelage in Zeiten des Untergangs, sozusagen.

Ein kleines bisschen Freude braucht schließlich jeder Mensch, finde ich.

## Dienstag, der 21. August
### (Der Tag des bösen Erwachens)

Leider war es gestern Abend erst mal ziemlich nett. Ich schreibe LEIDER, denn mit der Freude ist es so eine Sache: Wenn sie zu Ende geht, fühlt sich alles nur noch viel scheußlicher an als vorher, im Magen und überall sonst im Körper. Jedenfalls bei mir, was sicher an meinem Gen –

(Und so weiter.)

Es war jedenfalls so:

Gerade als die Alabamacreme fertig war, kam Matrix nach Hause und hatte gute Laune. Okay, wenn Matrix nicht gerade ihre Stinkelaune hat, ist sie fast immer guter Laune, aber gestern Abend hatte sie RICHTIG gute Laune, denn ihr *inkompetenter Chef* war krank geworden und niemand hatte ihr in die Arbeit hineingepfuscht. Außerdem hatte sie sich in einen Hibiskus aus der zu ihrer Firma gehörenden Gärtnerei verguckt, der gerade in voller Blüte stand, und ihn zum Schutz vor schlechter Behandlung zu uns nach Hause entführt.

»Für Pflanzen ist es nämlich lebensgefährlich, an die falschen Freunde zu geraten«, hat sie gesagt, stolz auf ihre gute Tat. »Nicht nur für Pflanzen übrigens, aber das ist ein anderes Thema.«

Sie hat gelacht und gemacht und das ist mir zum Verhängnis geworden. Ich hab mich nämlich innerhalb von Sekunden an Matrix' Fröhlichkeit angesteckt, und als MaMi das sah, griff die Gute-Laune-Seuche auch auf sie über.

Wir schlugen uns die Bäuche voll.

Wir hauten uns aufs Sofa.

Wir kuschelten und plauderten, und es war so gemütlich, dass ich darüber total vergaß, wie unnormal mein Leben war und was ich alles verändern wollte. Ich dachte nicht mehr an *Madame Butterfly,* nicht an Mia und Frederike und nur ein kleines bisschen an Lore, die nach dem heutigen Einstieg wer weiß was für Vorstellungen von mir haben musste. Dafür dachte ich an Moritz und erzählte meinen Müttern, dass Philipps kleiner Nerd-Schüler auf geheimnisvollen Wegen in meine Klasse geraten war und eine denkwürdige Antritts- und Begrüßungsrede gehalten hatte, für die er wahrscheinlich die ganzen Sommerferien geübt hatte.

»Philipp!«, rief MaMi da wie vom Donner gerührt. »Wieso sitzen wir eigentlich hier und haben es schön und er ist nicht dabei?« Und sie sprang auf, um ihr Telefon zu suchen.

Als sie es fand, hatte Matrix schon mit ihrem eigenen Telefon bei Philipp angerufen und ihn auf ein, zwei, drei Gläser Wein eingeladen.

Hab ich schon erwähnt, dass meine Mütter Philipp LIEBEN? Und das nicht nur, weil er ein *richtiger Freund* für sie ist (»Der richtigste Freund der Welt!«), sondern auch meinetwegen?

MaMi hat mir erzählt, er habe Matrix und ihr in den zwei Wochen nach meiner Geburt jeden Tag ein *gesundes und nahrhaftes Mittagessen* vorbeigebracht (er, der eigentlich gar nicht kochen kann und darum immer ankommt, um bei UNS was Gescheites in den Magen zu kriegen [hinterher aber behauptet, das vogelsängerische Grünfutter würde ihn eines Tages vitaminmäßig noch auf den Mars beamen, und er müsse jetzt dringend eine rauchen]).

Philipp war dabei, als ich laufen gelernt hab. Und als ich eingeschult worden bin. Er war schon zweimal mit uns im Urlaub und hat fast jedes Jahr mit uns Weihnachten gefeiert. Philipp gehört quasi zur Familie und genau genommen ist er ja auch mein Vater. Zumindest so was in der Art. Man muss sich nicht mal besonders viel Mühe geben, um das zu erkennen, denn ich hab seine wolfgrauen Augen, und das bedeutet, ich entspringe seiner *fruchtbringenden Männlichkeit.*

Darum hab ich mich auch so gefreut, als er gestern Abend exakt siebzehn Minuten, nachdem Matrix die Auflegetaste gedrückt hatte, bei uns vor der Tür stand.

»Mesdames Vogelsang!«, begrüßte er uns, schlenkerte ein bisschen mit seinen langen Armen, stank ein bisschen nach Zigaretten und schnupperte begeistert in Richtung Küche, von wo noch immer ein Hauch von Knoblauch durchs Haus zog. »Ich hab eben an euch gedacht. Ihr glaubt nicht, was mir heute Verrücktes passiert ist! Ich bin noch völlig neben der Spur.«

Er drückte mich fest an sich, als wollte er das Verrückte, das ihm passiert war, energiemäßig direkt mal an mich weiterleiten (und mich damit ebenso neben die Spur kicken [auf der ich mich eh schon befunden hab]), und dann schleifte er mich hinter sich her in Richtung Herd, um sich nach etwas Essbarem umzusehen, ohne auch nur eine Sekunde auf meine KOSTBARE GESELLSCHAFT verzichten zu müssen.

Es wäre der perfekte Abend geworden, hätte er nicht erzählt –

O nein.

Jetzt wird mir schon wieder schlecht.

Hier kommt der Brief, den ich nach stundenlangem Grübeln heute Nacht an Philipp geschrieben und heute Morgen vor der Schule wieder zerrissen hab.

Hunderttausend Schnipsel.

Weil mir nämlich beim Zähneputzen aufgefallen ist, dass ich so nicht argumentieren darf, wenn ich ab jetzt für Pop bin und nicht mehr für Metal, sonst komm ich mir selber quer und leg mich auf die Nase. Und weil man so was vielleicht denken kann, aber nicht laut sagen und schon gar nicht aufschreiben. Denn wenn man was aufschreibt, dann werden daraus Worte, und die Worte halten die Sache fest, statt sie zu verscheuchen.

Aber das hier liest ja eh keiner. Sobald das Spiel installiert ist (morgen vielleicht oder nächste Woche oder in fünf fucking Jahren), werde ich meine Memoiren sowieso wieder löschen. Außerdem ist der Brief zwar unnormal (und peinlich und versaut), aber leider irgendwie wahr. Zumindest war er das heute Nacht, als ich im Bett gelegen hab und keine Minute schlafen konnte, weil ich so wahnsinnig traurig war.

Darum hab ich ihn nach der Schule auch wieder zusammengepuzzelt. Es hat über eine Stunde gedauert und jetzt tippe ich ihn Wort für Wort ab.

Soll bloß keiner verlangen, dass ich heute auch noch Hausaufgaben mache (die mach ich nicht mal Pietschi zuliebe).

PHILIPP, DU ALTER VERRÄTER!

Du hast immer gesagt, du bist nicht der Typ *ewige Liebe.*

Du hast immer gesagt, die Frauen und du, das ist so eine Sache.

Glaub mal nicht, ich hätte nicht kapiert, was du damit meinst (obwohl ich erst dreizehn bin). Ich hab das ganz genau verstanden, und zwar schon, als ich elf war.

Es gibt nämlich die, in die du dich verknallst, und die, die deine Freunde sind. Die Verknallfrauen sind für den Sex und die Freundefrauen fürs Reden. Die einen für kurz und kribbelig, die anderen für immer und innig.

*Rock 'n' Roll* hast du das genannt. (Wie MaMi und Matrix es nennen, sag ich dir lieber nicht. [Sie meinen es ja nicht böse, jedenfalls nicht in deinem Fall. Und ihnen kann es ja auch wurscht sein.])

Aber plötzlich fängst du an, von *der Richtigen* zu schwafeln, wenn du zufällig mal wieder verknallt bist. Nur weil du zufällig schon das zweite Wochenende in sie verknallt bist (oder das dritte). Und weil die Verknallerei immer *inniger* wird. Du schwafelst von der Frau, die du dir vorstellen kannst *zu heiraten* und mit ihr *vielleicht sogar eine Familie zu gründen.* Und die deine Frage, wie sie das grundsätzlich sehe mit der Heiraterei, irgendwie als Antrag aufgefasst hat und direkt mal mit *JA* beantwortet hat. Wodurch du dich quasi verlobt hast.

Ich glaub, ich muss kotzen!!

Du brauchst keine Frau, Philipp. Du brauchst keine Kinder, die dann vielleicht GRETA heißen und BEN. Du hast doch schon UNS!

Hüpf mit deiner dämlichen KATHRIN in die Kiste, wenn du es durchaus nicht lassen kannst, und schmeiß sie dann wieder raus aus deinem Leben.

Ich denke, du bist Rocker!!?

*Hell yeah!*

Deine Anouk

In der Schule bin ich heute zweimal eingeschlafen. Das erste Mal beim Gieselmännchen (genauer gesagt, Frau Gieselmann, unserer Lehrerin für katholische Religion), was an und für sich kein Problem war, denn genau das ist mein Job in diesem Fach.

Eigentlich gehöre ich nämlich in *Werte & Normen*. Von Haus aus und gemäß dem Kreuzchen, das MaMi damals in meine Anmeldung am Gymnasium eingetragen hat. Aber durch einen dummen Fehler bin ich zu Beginn der fünften Klasse im Reli-Kurs gelandet. (Vermutlich ist MaMis Kreuz falsch interpretiert worden.)

Zuerst hab ich noch versucht zu wechseln, aber das hat nie geklappt, weil der *Werte & Normen*-Kurs ohnehin total überfüllt war, und in Reli war fast kein Mensch (und erst recht keine Menschin [ich war zwei Jahre lang das einzige Mädchen im Kurs]), und so bin ich dann beim Gieselmännchen hängen geblieben.

Dabei muss man sich das wirklich mal vorstellen: ich und Religion!

Nicht dass ich was gegen Religionen hätte. Oder gegen irgendwelche Götter. Sie sind stark und machtvoll und gütig, zumindest die meisten. (In den *Kane-Chroniken* kommen ein paar ägyptische Götter vor, die eher unangenehm sind, und die indische Göttin Kali, von der MaMi mir erzählt hat, verschlingt ganz gern mal ihre Kinder, nachdem sie sie geboren hat.) Es ist bloß so, dass ich nicht an sie GLAUBE. Zumindest nicht mehr als an Feen und Teufel und Zwerge und Orks.

Und das macht die Sache kompliziert.

Das Gieselmännchen sagt immer, sie gibt mir ein Befriedigend, wenn ich in ihrem Unterricht tief durchatme, mich entspanne und versuche, einfach mal etwas *als gegeben hinzunehmen,* statt jede Stunde aufs Neue die grundlegendsten Annahmen infrage zu stellen, sämtliche Tatsachen zu verdrehen und meine Mitschüler (von jetzt an auch: meine Mitschülerin Lore) davon abzuhalten, den Unterrichtsstoff *zu verinnerlichen.*

Jedenfalls darf ich beim Gieselmännchen schlafen, so viel ich will. Was ich richtig nett von ihr finde. Dumm war nur, dass ich heute gar nicht schlafen WOLLTE, weil jetzt eben auch Lore bei mir in Reli ist und ich es schaffte, den Platz neben ihr zu ergattern. Okay, das war nicht sooo wahnsinnig schwer, ohne jede Konkurrentin. (Immerhin haben wir nun aber eine Frauenquote von dreiunddreißig Komma Periode drei Prozent erreicht [und darin ist das Gieselmännchen selbst nicht mal mit eingerechnet], die die der katholischen Kirche locker in die Pfanne haut.)

Wie auch immer, es wäre DIE Gelegenheit gewesen, mit Lore ins Gespräch zu kommen beziehungsweise ihr das eine oder andere Zettelchen zuzustecken. Ich hab auch wie bekloppt mit den Augen gerollt, um mich wach zu halten, und entspannungsvermeidende Grimassen geschnitten. Das Gieselmännchen hat schon ganz ungewöhnlich streng zu mir rübergeguckt – vermutlich hat sie als Auftakt zum neuen Schuljahr einen vogelsängerischen Angriff auf ihren Glauben erwartet und wollte mir erst mal einen Warnschuss vor den Latz ballern.

Aber dann fing sie an, über die *Barmherzigkeit Gottes* zu sprechen, und das hat mir den Stecker gezogen. Um ihren Kopf herum schimmerte es nämlich plötzlich ganz heilig, und unter ihrem Pullover lugte ein Paar Engelsflügel hervor, das sanft auf und ab wogte. Ihre Worte verwandelten sich in lieblichen Gesang, überall tönte und rauschte es und auf sanften Fittichen wurde ich ins *himmlisch' Paradeisen* getragen. Es war wunderschön dort, voller Blumenwiesen, auf denen lachende Computerspielfiguren herumtollten, und einem Baum, an dem bügelweise *h&m*-Klamotten hingen und nur darauf warteten, von mir gepflückt zu werden.

Erst als es zur Pause geläutet hat, bin ich wieder aufgewacht. Lore war gerade dabei, ihre Sachen zusammenzupacken, und hat ein wenig irritiert zu mir rübergeschielt.

»Brauchst du meine Mappe?«, hat sie gefragt. »Damit du abschreiben kannst, was du verpasst hast?«

»I...ich SOLL in Reli schlafen«, ist es mir, noch ganz dröselig, entfahren. Und als Lores Stirn sich noch immer nicht geglättet hat, hab ich hinzugefügt: »Sonst krieg ich eine Sechs wegen Gotteslästerung.«

*Hell no!*

Das zweite Mal übermannte der Schlaf mich dann bei Pietschi in Musik – und das war noch viel verhängnisvoller. Nicht nur, weil ich Pietschis Hoffnungsträgerin bin (zwar mehr wegen Deutsch, aber egal) und Hoffnungsträgerinnen nicht einfach die Lampe ausknipsen dürfen. Sondern auch, weil ich auf diese Weise nur körperlich anwesend war, als die Teams für die Referate zusammengestellt wurden.

Pietschi hatte nämlich, wie Mia und Frederike mir später erklärten, in den Sommerferien ausgiebig darüber nachgedacht, dass Musik als Schulfach einfach nicht ernst genommen würde.

»Ausgerechnet Musik!«, hat Mia ihn mit schwer gekränkter Miene nachgemacht. »Die Königin aller Künste.«

Was ich (bei aller Freundschaft zu Pietschi) ziemlich haarspalterisch fand. Wenn ICH mich entscheiden müsste, was besser ist: Musik oder Bücher, dann könnte ich jedenfalls nicht einfach sagen, *Musik, o meine Königin!*

Also, natürlich ist Musik supercool, besonders –

(Egal.)

Aber gerade wenn es ums Majestätische geht, finde ich, haben Bücher es voll drauf, vor allem Fantasybücher, die sich vor lauter Erhabenheit manchmal sogar aus meinen Händen befreien und eine Runde durch mein Zimmer schweben. Und das hätte ich Pietschi auch gesagt (oder zumindest so was in dieser Richtung), wenn ich nicht gerade geschlafen und das Ergebnis seines Nachdenkens verpasst hätte.

Und dieses Ergebnis lautete: Referate. In Zweier- oder Dreiergruppen. Über einen Musikstil unserer Wahl.

»Damit ihr die Möglichkeit habt, euch mal richtig in die Schönheit der Musik zu vertiefen und darüber ins Gespräch zu kommen«, hat Mia zitiert, und ich glaube, sie hat nicht übertrieben, als sie ihre Stimme dabei wie Espenlaub hat zittern lassen. Pietschi musste furchtbare Angst gehabt haben, dass nicht nur das Schulfach Musik, sondern auch die dazugehörigen Fachlehrer nicht ernst genommen wurden.

»Es war einfach kaum mit anzusehen«, hat Frederike geradezu großherzig gesagt. »Also haben wir ihm den Gefallen getan.«

Was bedeutete, dass sie sich mit Mia und Lore zu einer Dreiergruppe zusammengeschlossen und ein Referat über die Wiener Klassik angemeldet hatte, weil Google ihr bei einem kurzen Blick auf ihr Smartphone dazu gleich einen fertigen Vortrag ausspuckte.

Und so ähnlich hatten es auch alle anderen gemacht. Nette Gruppe, viel Spaß, wenig Aufwand. Die strunzdumme Sophie wollte mit der mittelklugen Angelina was über irgendwelche YouTuber machen, die sie abonniert hat, Cem, Marvin und Tizian was über Hip-Hop (was im Grunde dasselbe in Grün ist, bloß anders) – nur ich hatte mich weder gegen meinen Teampartner noch gegen das von ihm gewählte Thema zur Wehr setzen können.

»Ich hab uns natürlich das Beste reserviert«, hat Moritz gesagt, kaum, dass ich ein bisschen blinzelte. Er hat Zeige- und kleinen Finger abgespreizt und eine gehörnte Hand in die Luft gehoben.

Und noch ehe ich mir den Schlaf aus den Augen gerieben und auch nur annähernd begriffen hatte, wovon die Rede war, nämlich

***vom tragischen Schicksal der Anouk Vogelsang,***<br>***die den Kampf gegen ihr unnormales Erbe aufgenommen hat***<br>***und versucht, dem Metal zu entsagen,***<br>***aber auf den verschlungensten Wegen***<br>***von dieser Höllenmusik***<br>***samt ihren diabolischen Vertretern***<br>***heimgesucht wird,***

ehe ich das also begriffen hatte, war meine eigene Hand schon reflexartig in die Höhe gewandert und hatte den Teufelsgruß erwidert.

Apropos Musik. Drüben in MaMis Arbeitszimmer spielt ein hysterisches Orchester Wagners *Walkürenritt*. Geiger sägen ihre Saiten durch, Flötisten trillern um ihr Leben, und Blechbläser schmettern in ihre Trichter, dass einem sämtliche Haare zu Berge stehen.

Ich möchte nicht darüber nachdenken, mit welchen Klamotten MaMi mich als Nächstes überraschen wird.

Mit einem Flügelhelm vielleicht.

Oder mit einem Tittenharnisch *zum Reinwachsen*.

Ich glaub, ich geh jetzt ins Bett. Mir doch egal, dass es erst halb sechs ist und man mit dreizehn zumindest bis zu den Abendnachrichten durchhalten sollte. Auf irgendwelche Unglücksmeldungen bin ich heute sowieso nicht mehr aus. Lieber träum ich mich zurück auf meine Paradieswiese und hab Spaß mit den freundlichen Computerspielfiguren. Vielleicht kann ich sie ja auf diese Weise in meinen Steinzeitrechner locken.

Und was Schönes zum Anziehen pflück ich mir auch. Selbst auf die Gefahr hin, dass sich eine Schlange drin versteckt.

Gute Nacht!

## Mittwoch, der 22. August
### (Der Tag der dunklen Magie)

Heute Morgen hab ich mir Punkt 5 meiner Liste vorgenommen und mich geschminkt.

Eyeliner,

*Kajal,*

Wimperntusche.

Es war sehr schwierig, ich hab ungefähr zehntausend Versuche gebraucht, bis ich nicht mehr aussah wie ein Zombie. Aber weil ich schon um zwanzig nach vier aufgewacht war, hatte ich trotzdem noch viel Zeit zum Frühstücken.

Eine Weile hat Matrix mich schweigend über den Küchentisch hinweg fixiert und ihr Müsli gelöffelt. Dann ist sie aufgestanden und hat Schälchen und Löffel in den Geschirrspüler gestellt.

»Ich will nicht direkt behaupten, dass du aussiehst wie ein Zombie«, hat sie mit dem Rücken zu mir gesagt, »aber –«

Im selben Augenblick ist MaMi (noch im Halbschlaf) in die Küche getaumelt, hat zu mir rübergeblinzelt und einen spitzen Schrei ausgestoßen.

Muss ich erwähnen, dass ich mich sofort wieder abgeschminkt hab?

Dafür ist auf dem Schulweg was Gutes passiert: Ein kurzes Stück hinter der Erlöserkirche hab ich Lore gesehen. Sie war zu Fuß unterwegs, und plötzlich fand ich es richtig praktisch, dass Matrix den Platten an meinem Fahrrad noch immer nicht geflickt hat. Denn so musste ich nur ein bisschen meinen Schritt beschleunigen, die Straße überqueren und mich ein paar Meter unsichtbar anpirschen, um dann den David Copperfield zu machen und mich ~ *paff!* ~ neben Lore zu materialisieren.

»Na?«, hab ich gesagt. »Wie geht's in der großen Stadt?«

Erst ist sie zusammengezuckt, weil ich sie vermutlich in einen kleinen Schock versetzt hab mit meinem Erscheinungstrick, aber im nächsten (oder übernächsten) Moment hat sie ein Gesicht gemacht, als wäre sie richtig froh, jemand Bekanntes zu treffen.

»Hallo, Anouk«, hat sie gesagt, und die Steinchen an ihrer Schmetterlingsspange blitzten in der Sonne auf. »Ich hab dich gar nicht kommen sehen.«

»Zauberei ...«, hab ich geheimnisvoll geraunt und sie gefragt, ob sie hier in der Nähe wohne und ob sie immer zu Fuß zur Schule gehe.

»Eigentlich nicht«, hat sie gesagt und erzählt, sie wohne ein Stück weiter Richtung Hanomag-Gelände und normalerweise fahre sie mit dem Rad, aber ihre kleine Schwester kenne den Weg zu ihrer neuen Kita noch nicht so gut, und darum habe sie sie begleitet. Zu Fuß, damit Lisa (also: die Kleinschwester) alle Ampeln üben könne. Was ich total nett und kein bisschen selbstverständlich von ihr fand.

»Ich muss im Moment auch immer latschen«, hab ich gesagt. »Weil mein Fahrrad einen Platten hat und meine Mutter den noch nicht repariert hat.«

Lore hat geschwiegen.

»Und selber krieg ich's einfach nicht hin«, hab ich schnell hinzugefügt. »Ich hab's zweimal versucht, aber im Fahrradreparieren bin ich die totale Niete.«

Ganz korrekt hätte es heißen müssen: *MaMi und ich haben es zweimal versucht, aber im Fahrradreparieren sind wir die totalen Nieten.*

Doch das wäre mir zu kompliziert geworden, so kurz vor Schulbeginn und mit allen Fragen, die sich daraus ergeben würden, und unterm Strich kam es aufs Gleiche raus. Es ging mir ja nicht darum, meine Familienmitglieder aufzulisten und zu erklären, welche meiner Mütter wofür zuständig ist und warum ich überhaupt mehrere habe. Lore, die sich so lieb um ihre Schwester kümmert, sollte nur nicht glauben, ich wäre ein verwöhntes Gör, das sich nicht die Hände schmutzig machen will.

»Ich kann's auch nicht«, hat sie da gesagt, »bei mir macht das immer mein Vater.«

Und wir haben uns angeguckt und ein bisschen gelacht und alles war schön.

Bis Mia und Frederike uns entdeckten. Wir hatten gerade das Schulgebäude betreten, ich musste noch mal pinkeln und hatte das sichere Gefühl, Lore würde mitkommen, um im Toilettenvorraum auf mich zu warten, aber da sind sie schon auf uns zu.

Sie waren beide geschminkt, kein bisschen zombiehaft, sondern licht und lieblich wie die Elfen.

Sie gingen auch nicht, sondern TÄNZELTEN.

Außerdem ROCHEN sie.

Nicht unangenehm, im Gegenteil. Ich konnte es schon auf zehn Meter Entfernung erschnuppern: Sie dufteten wie der blühende Sommer – und da hab ich das Fürchten gekriegt. Weil nämlich mit einem Mal der Schmetterling in Lores Haaren mit den Flügeln schlug und ich gar nicht erst abwarten musste, für welchen Geruch er sich wohl interessieren würde: für den, der mir aus dem Mädchenklo entgegenströmte, kaum dass ich die Türklinke runtergedrückt hatte, oder für Mias und Frederikes Blütenduft.

Übrigens hätte ich es auch gar nicht mehr erkennen können. Weil Lore nämlich schon im nächsten Augenblick samt Schmetterling in der Mitte des Elfenreigens verschwunden ist. Küsschen links, Küsschen rechts ... *paff!*

Und ich hab ganz allein dagestanden.

Ich frag mich gerade, warum ich mir eigentlich schon wieder die Mühe mache, all diese komischen Dinge in meinen Steinzeit-Laptop zu hauen. Dinge, die eben passieren, bevor die nächsten passieren, bis sich aus ihnen ein Tag zusammensetzt, auf den dann ein anderer Tag folgt, nach dem immer noch mehr andere Tage kommen, bis man sie gar nicht mehr richtig auseinanderhalten kann (oder sie einfach nicht zusammenkriegt).

Wenn etwas, das schon vorbei ist und von dem man nach einer Weile gar nicht mehr genau weiß, ob es wirklich so war, wie es war, oder ob es vielleicht ganz anders oder sogar gar nicht war (weil man es zum Beispiel vergessen hat) ... also, wenn dieses kleine, huschelige Etwas schwarz auf weiß geschrieben steht, ist es plötzlich so klar und so beständig und erschreckt einen mehr als jedes Gruselkabinett.

***Haben Sie heute schon geschrien?
Wenn Sie noch keine Gelegenheit hatten:
Lesen Sie die Memoiren der Anouk Vogelsang.
Erfolg garantiert!***

Ich glaub, ich versuche jetzt lieber noch mal, das Spiel zu laden.

Oder geh gucken, was MaMi und Matrix so treiben.

Oder mach irgendwas anderes. Es kann nur besser sein als DAS hier.

Nein, stopp.

Ich muss dringend noch was aufschreiben: das Wort. Beziehungsweise die Wörter.

Bevor Mia und Frederike mit Lore verschwunden sind, haben sie nämlich noch mal in meine Richtung geguckt, und bevor die Klotür hinter mir zugefallen ist, konnte ich sie etwas tuscheln hören. Oder besser: tuscheln sehen, weil Getuschel ja ziemlich leise ist und man das meiste davon eben NICHT hört.

Das einzige Wort, das es bis zu mir geschafft hat (beziehungsweise das HALBE einzige Wort), klang, als wäre es nicht besonders nett gemeint, und es endete auf -isch. Es könnte zum Beispiel *lesbisch* gewesen sein.

Vielleicht war es aber auch

launisch

verräterisch

panisch

HEKTISCH

hysterisch

kindisch

tückisch

lügnerisch

teuflisch

oder ganz was anderes. Die Wahrheit ist, ich weiß es nicht. Ich muss alle Möglichkeiten durchgehen, auch solche wie

zauberisch

fantastisch

himmlisch

paradiesisch

und ... na ja ... sonst was Nettes halt.

Denn wahrscheinlich geht es beim Aufschreiben eben darum, die Dinge NICHT zu vergessen. Darum, sich an sie zu erinnern und ihnen einen Namen zu geben; sogar den Dingen, die man nicht verstanden hat. Zumindest einen Übergangsnamen. Weil man die Dinge nämlich verstehen MÖCHTE. Weil man ahnt, dass sie irgendwie wichtig für einen sind, selbst die kleinsten und huscheligsten. Und weil sie dann WENIGER gruselig sind. (Vielleicht.)

Apropos gruselig.

Moritz!

Der hat heute auch für ein paar Schockmomente gesorgt, obwohl er mehr woanders war als in der Schule. Zum Beispiel in Englisch, als sich alle mit *a reason for doing something* abmühten (ganz besonders ich, weil Englisch, also ... huuuh! [es liegt aber am Unterrichtsstil, nicht an mir]).

Moritz jedenfalls hat die ganze Zeit Luftgitarre gespielt, mit den Füßen gewippt, hier und da ein bisschen *Mouth Percussion* gemacht und nicht mal gemerkt, wie Schmidt, unser hämischer Englischlehrer, ihn mit dem bösen Blick belegt hat. Schließlich hat er in seinem Rucksack gewühlt, einen Notenblock hervorgezogen und angefangen zu schreiben.

»Mister S-piekman«, hat Schmidt da gesagt und ist hinter seinem Lehrertisch in die Höhe gewachsen wie ein entkorkter Flaschengeist. »Is there any logical reason for doing *homework* at *school?*«

(Das hab ich noch verstanden.)

»No, there isn't«, hat Moritz geantwortet und weitergeschrieben.

Schmidt hat eine buschige Augenbraue hochgezogen (und

wenn Schmidt eine Augenbraue hochzieht, muss man sich in Acht nehmen, sonst passiert ein Unglück). Aber Moritz hat es nicht mal gesehen, weil er ja die ganze Zeit wie ein Irrer auf sein Notenblatt geguckt und schwarze Pünktchen darauf verstreut hat.

Vielleicht hat er die Gefahr auch deshalb nicht gewittert, weil er Schmidt noch nicht richtig gekannt hat.

Oder ihn nicht kennenlernen wollte.

Oder nicht kapiert hat, dass man ihn kennenlernen MUSS, wenn man in unserer Schule überleben möchte.

Also hat Schmidt ihm ein bisschen auf die Sprünge geholfen mit dem Kennenlernen. Er ist um den Lehrertisch rumgewandert und hat sich ungefähr einen Zentimeter neben Moritz aufgebaut. Dann hat er sich bis knapp über seinen Kopf zu ihm runtergebeugt.

»Well«, hat er gehaucht, und sein giftiger Lehreratem ist bis zu mir rübergeweht. Es war unheimlich unheimlich. »Is there any logical reason for scribbling that lousy *music* stuff in my highly precious *English* lesson?«

(Das hab ich sicherheitshalber unter meinen Beispielsätzen notiert und in der Pause im Medienraum mit dem Google-Übersetzer überprüft [plus korrigiert].)

»Yes, there is«, hat Moritz geantwortet und seelenruhig weitergeschrieben.

Schmidts zweite Augenbraue ist hochgerutscht, was bedeutet: allerhöchste Alarmstufe. »And is there any logical reason for staying in the classroom, Mister S-piekman?«, hat er gefaucht (verstanden!), und eine kleine neongrüne Flamme züngelte aus seinem Mund.

Erst da hat Moritz aufgemerkt. Aber statt unter Schmidts bösem Blick zu kollabieren, hat er ausgesehen, als hätte er wer weiß was Tolles aufgeschnappt. Sein Gesicht hat angefangen zu leuchten, er hat den Kopf in den Nacken gelegt und Schmidt eine ganze Schar Totenkopfschwärmer ins Gesicht gegrinst.

»No, there isn't«, hat er geantwortet. »Thank you, Mister S-mith, I'm sure you won't have any reason for regretting to have sent me out.«

(O-Ton! Ich hab's dreimal nachgeguckt und jedes Mal ist dasselbe rausgekommen.)

Dann hat er noch einen Akkord in die Luft gezupft und ist mit Block und Bleistift aus der Klasse verschwunden.

*Paff!*

Ich hab mich ernsthaft gefragt, ob ich mit meinem Erscheinungstrick am Morgen irgendeinen Gegenzauber heraufbeschworen hatte, durch den alle anderen Leute früher oder später von der Bildfläche verschwinden mussten. Vielleicht hatte sogar schon mein Zombiegesicht dafür gesorgt, dass dies ein Tag der schwarzen Magie werden würde.

Jedenfalls.

In Deutsch (Thema: indirekte Rede, auch zur Wiederholung) hat Moritz dann zwar wieder neben mir gesessen, war jedoch immer noch völlig abwesend, als würde er unter einem hypnotischen Einfluss stehen. Noten geschrieben hat er nicht mehr und auch nicht mit den Füßen gewippt, aber er ist in eine merkwürdige Starre gefallen und hat durch alles und jedes hindurchgeblickt.

»Moritz?«, hab ich geflüstert.

Keine Reaktion.

»Mooo-ritz?«

Kein Blinzeln, keine Regung.

Nicht dass sein Schweigen mich gestört hätte. Im Prinzip war es sogar ganz fantastisch. Es hat mich nur irgendwie ... beunruhigt.

»MOOO-RITZZZ? Alles in ORRRD-NUNG?«

Pietschi, der gerade wild schreibend und Pfeile malend versucht hat, uns den Konjunktiv I nahezubringen (sei, habe, gehe ... [wusste ich aber schon]), um uns vor *katastrophalen Missverständnissen* infolge fälschlichen Indikativgebrauchs zu schützen (ist, hat, geht ... [wusste ich auch schon]), ist zusammengezuckt. Sein Tafelbild hat eine hässliche Zickzackkreidelinie gekriegt (Pietschi hat Schwierigkeiten mit der technischen Bewältigung des Smartboards und benutzt unsere alte Rolltafel, um seine kunstvollen Schriftgemälde zu präsentieren), und die Gummisohlen seiner braunen Halbschuhe haben erschrocken gequietscht, als er sich zur Klasse umgedreht hat.

»... mit der e-ersten Person formal identisch«, hat er gestottert. »Ist was passiert?«

»Nein, eben nicht!«, hab ich gerufen. »Moritz bewegt sich nicht mehr, ich glaube, er ist –«

Dann hab ich nichts mehr gesagt. Von allen Seiten haben sich Blicke an mich geheftet wie Saugnäpfe. Es schmatzte und ploppte, als wollten sie mich schröpfen, und meine Haut wurde feuerrot unter ihnen.

Am hartnäckigsten von allen haben die Blicke von Moritz

auf meinem Gesicht geklebt. Schneller als ein Lidschlag lösten sie sich aus dem Nichts, ruckelten sich auf mir zurecht und saugten sich fest.

»Tot?«, hat er gefragt.

Luft anhalten in der Klasse.

»Scheintot? Untot? Nahtot?«

Hochgespannte Stille.

Jeder wollte wissen, was Anouk Vogelsang für außersinnliche Phänomene an ihrem Klassenkameraden Moritz Spiekmann wahrgenommen hatte.

»Schon gut«, hab ich gemurmelt.

Den Rest der Stunde habe ICH nichts mehr gesagt, was die mündliche Beteiligung der 8b am Deutschunterricht quasi auf null gesetzt hat. Pietschi hat noch mehrmals in meine Richtung geguckt, erst bittend, dann ernsthaft besorgt, aber es war nichts zu machen. Mein Mund war trocken wie ein zwei Wochen altes Klappbrötchen und meine Lippen haben sich nicht mehr auseinanderbewegen lassen.

Das Einzige, was noch ging, war Schreiben. Darum hab ich sechs Seiten Sätze in mein Maplepaper-Heft geschrieben, kreuz und quer, gekrickelt und gekrakelt, gereimt und ungereimt, im Konjunktiv und Indikativ. Erst als es geklingelt hat, hab ich den Stift weggelegt.

»Du schreibst, Madame Butterfly«, hat Moritz da neben mir festgestellt, seine Brotdose ausgepackt und den Deckel gelüftet, wobei eine Wolke sehr fleischigen Wurstgeruchs aus ihrem Inneren entwichen ist.

»Hmm?«

Über sein Gesicht ist ein diabolisches Lächeln gehuscht.

»Komm morgen nach der Schule mit zu mir«, hat er gesagt und in sein Wurstbrot gebissen. »Wir müssen uns um unser Referat kümmern.«

## Freitag, der 24. August
### (Der Tag nach dem Tag in der Puppenstube)

Ein paar Sachen hab ich gestern genau so gemacht, wie es auf meiner Liste steht:

- Ich hab nicht in meinem Zimmer gehockt.
- Ich hab nicht in meinen Büchern gelesen.
- Ich hab mehr Zeit für alles andere gehabt.

Da hört's allerdings auch auf und das Planmäßige kippt in lauter Unvorhergesehenes. Und der Witz ist, HEUTE musste ich erst mal sehr viele Stunden lesen, um auf bessere Gedanken zu kommen.

Morgens beim Zähneputzen.

Vormittags in den Pausen (Schulbücherei).

Und nachmittags mit einer riesengroßen, süß-salzig-sabberigen Lakritzstange, die Matrix mir vom Einkaufen mitgebracht hatte, auf dem Sofa/zwischen den Farnen/auf dem Klo/auf dem kuscheligen Schaffell mit dem Stallgeruch.

Die *Kane-Chroniken* hab ich durch und das *Graveyard-Buch* (Schulbücherei [dazu später mehr]) zu drei Vierteln. Den Schluss hab ich mir für die Nacht aufgehoben.

Wochenende!

## Hell yeah!

Die Sonne geht gerade, rot wie eine die Ziegel und Gauben volltropfende Blutorange, rechts hinter den Dächern unter, und auf der anderen Seite vom Himmel ist schon ein aus Seidenpapier ausgeschnittener Mond zu sehen. Und nun, in der Zwischenzeit von Tag und Nacht, hocke ich doch wieder an meinem Schreibtisch und muss meine Memoiren leider um ein paar tragische Ereignisse ergänzen.

Als Matrix eben noch mal kurz den Kopf in mein Zimmer gesteckt hat, bevor sie mit MaMi zu einem Abendbummel aufgebrochen ist, hat sie gefragt, ob ich das im Griff hätte mit meinem neuen Laptop, von wegen Medienkonsum und Spielsucht und dergleichen mehr. Und das nur, weil ich zwischen Lesen und Lesen noch mal GANZ KURZ versucht hab, das Spiel zu laden und dem Figurenkoffer zumindest eine einzige, mickrige Person zu entlocken! (Fehlanzeige.)

»In der Hinsicht besteht keine Gefahr«, hab ich geschnaubt (was Matrix mir allerdings nicht abgenommen hat). »Dieser Rechner ist das reinste Anti-Sucht-Programm. Es gibt ganz andere Dinge, die ich nicht im Griff habe!«

Und im selben Augenblick sind all die *ganz anderen Dinge,* die ich hinter den guten Buchgedanken versteckt hatte, wieder hervorgekrochen.

Die Dinge des richtigen, echten Lebens.

Die memoirischen.

Nämlich:

Gestern (also am Donnerstag, den 23. August) hab ich Moritz besucht, da bin ich nicht drum rumgekommen. Wir müssen ja wirklich dieses Referat halten, gar nicht so unbald sogar (nämlich aufgrund des geradezu an Raserei grenzenden Übereifers meines Teamkollegen schon am übernächsten Dienstag!), und Pietschi hat sich nun mal notiert: *Spiekmann/Vogelsang: Metal (Ursprünge, Entwicklung, Stil).*

Und erst mal war's ja auch überraschend nett, Moritz kann ich gar keinen Vorwurf machen. Nicht wegen der Sache mit Lore und erst recht nicht wegen der mit Philipp.

Wir hatten wieder Religion – und diesmal hat mich das Gieselmännchen nicht eingeschläfert. Es hat mich sogar richtig aufgeregt, was bei mir leider immer zu Schlafstörungen führt (Ein- und Durchschlafstörungen sowie zu merkwürdigen [also: schlechten] Träumen und vorzeitigem Erwachen mit Herzklopfen).

Es ging noch immer um *Barmherzigkeit*, aber nicht mehr um die Barmherzigkeit Gottes wie in der letzten Stunde, sondern um die unter uns Menschen, wobei zwischen beiden Arten angeblich keinerlei Unterschied besteht. Das Gieselmännchen wollte wissen, was Barmherzigkeit im Alltag bedeutet und wie wir sie in der Schule am wirkungsvollsten untereinander *walten lassen* können. Ich musste mich schwer beherrschen, um ihr keinen Vogel zu zeigen.

Weil, Barmherzigkeit in der Schule?

Hallo?

Was ist zum Beispiel, wenn du dermaßen ärgerlich bist (oder traurig oder gelangweilt), dass du im Unterricht einfach nicht so mitmachen kannst, wie es von dir erwartet wird, sondern stattdessen in deinem Buch lesen musst oder irgendwas schreiben oder aus dem Fenster gucken? Bemerkt das überhaupt jemand? Oder wenn du solche Angst vor einer Arbeit hast, dass dir der Bauch wehtut und die Ohren sausen und alles futsch ist, was du jemals gewusst hast? Heißt es: Kein Problem, wir sehen weiter, wenn es dir besser geht?

NEIN.

Du musst deinen Kram erledigen und gute Noten schreiben, sonst wirst du abgesägt.

Oder in der Pause.

Kommt da einer auf dich zu und sagt: Hey, du hängst hier so alleine rum in deinem bescheuerten Wickeloberteil und mit deinen Büchern! Stell dich doch zu uns und lach mit uns und schleich dich mit uns nach draußen zum Eiswagen (wo es zum Beispiel Knusperkeks gibt und andere sehr leckere Sorten), macht auch nix, dass du total unnormal bist und keine Peilung von Computerspielen hast und von Popstars und vom Schminken und dass du vielleicht sogar irgendwas mit -isch bist.

Na?

NAAA?

»Anouk, du siehst so ärgerlich aus«, hat das Gieselmännchen da gesagt. »Was ist los?«

Und das hat mich derartig vom Hocker gehauen, dass ich gar nicht mehr wusste, weswegen ich wütend war. Es ist mir zwar wieder eingefallen, aber der Ärger war hin und rieselte in winzigen roten Puderpünktchen von mir runter.

Und darum hab ich nur gesagt: »Wissen Sie, WAS barmherzig ist? Oder besser, WER? Lore hier, Lore geht jeden Morgen eher los, um ihre kleine Schwester zur Kita zu bringen, und mittags holt sie sie ab. Obwohl es ja auch ihre Mutter machen könnte oder ihr Vater. Aber nein, sie macht es. Und zwar: ohne Fahrrad.«

In der Klasse war es mucksmäuschenstill. Okay, es waren nur sieben Personen anwesend, da halten sich die Hintergrundgeräusche fast immer in Grenzen. Aber für einen Moment hat sich in die Stille fast so was wie Ehrfurcht gemischt.

Nicht vor mir natürlich. Sondern vor Lore.

Beziehungsweise vor der Barmherzigkeit, die sie in ihrem Alltag walten lässt *(umsichtig und einfühlsam)* und die ich, wie dem Blick vom Gieselmännchen zu entnehmen war, richtig und treffsicher erkannt hatte.

Und das war vermutlich auch der Grund, warum Lore mich nach der letzten Stunde gefragt hat, ob wir ein Stück zusammen gehen wollen (also in Richtung Kita). Ich hatte das Gefühl, dass sie mir irgendwas Wichtiges erzählen wollte. Unter vier Augen. Sozusagen freundinnenmäßig.

Aber was hab ich geantwortet, umsichtig und einfühlsam, wie ICH bin?

»Nee, tut mir leid. Ich fahre mit Moritz mit der Tram ... äh ... zu ihm nach Hause.«

**Treten Sie näher
und lernen Sie von Anouk Vogelsang,
wie man Freundschaften knüpft!**

Ja, und dann war ich bei Spiekmanns. Und so was hab ich noch nicht erlebt.

Oder gesehen.

Oder davon gehört.

Ich hab nicht mal geahnt, dass es in der normalen Welt Dinge gibt, die genauso verwunschen sind wie in Geschichten (wobei ich NORMAL jetzt nicht im Sinne von *normal* meine [beziehungsweise von *unnormal,* wie in meinem Fall], sondern im Sinne von *in Wirklichkeit*). Und schon gar nicht geahnt hab ich es bei jemandem, der so absonderlich ist wie Moritz und so verteufelt, manchmal. Dabei ist es eigentlich nur logisch, denn das weiß man ja aus jedem Fantasyroman, dass das Finstere sich hinter dem Lichten verbirgt, tyrannische Schattenreiche hinter satten grünen Landschaften und so weiter. (Was wiederum nicht SO viel mit der Wirklichkeit zu tun hat. Glaub ich, obwohl –)

Jedenfalls.

Moritz wohnt nämlich in einer Puppenstube, wirklich und wahrhaftig! Vier winzige Zimmerchen in einem winzigen Häuschen in einem winzigen Hinterhof, vollgestopft mit allen schönen Winzigkeiten, die nur reinpassen. In dem winzigen Flur hängen dicht an dicht Fotos, die Moritz' Mutter gemacht hat, in dem winzigen Wohnzimmer gehen die Regale bis unter die Decke, und in den winzigen Fächern liegen und stehen und hängen die *Kleinode* von Moritz' Vater.

Besonders schön hab ich die mit bunten Scherben gefüllten Likörgläschen gefunden, das ausgeblichene Schokoladenkunstwerk, das Moritz mit drei Jahren aus einem eingeschmolzenen Osterhasen geformt und seinem Vater zu Weihnachten geschenkt hat, und den Gummi-Batman mit dem angekauten Bein.

Außerdem war da noch eine winzige Oma in einem Schaukelstuhl, also, eine LEBENDIGE winzige Oma, nämlich Moritz' Oma, und die war das Allerschönste, denn sie hatte ein großes Blumenranken-Tattoo im Dekolleté. Mir sind fast die Augen aus dem Kopf gefallen, als ich die obersten Blütenblätter aus dem Ausschnitt hervorragen gesehen hab, und sie hat extra für mich ihr Oberteil bis zum BH aufgeknöpft.

Es waren Heckenrosen, und sie haben in voller Blüte gestanden.

Dann sind Moritz und ich in sein Kabuff gegangen. Moritz nennt es selber *Kabuff* und das trifft den Nagel auch auf den Kopf. Es liegt im Keller (direkt neben der Waschküche, was bedeutet, dass es darin die ganze Zeit leicht nach Waschpulver duftet) und ist der allerwinzigste Raum im Häuschen. In ihm befinden sich die allermeisten Sachen.

Die meisten von den allermeisten Sachen haben mit Musik zu tun. Genauer gesagt: mit Metal. Von der Gitarre

über den Verstärker
über die Aufnahmestation mit dem Computer
über die mit Stickern beklebten Ordner voller Noten
und das Regal mit den hundertdreizehn CDs
und die siebzehn Fan-Tassen
und die neun mit schnörkeligen Schriftzügen bedruckten Wristbands
und die Rock-on-Totenkopfgirlande unter dem Hochbett
und die *Ziltoid-the-Omniscient*-Handpuppe, die mit einem Saugnapf an der Scheibe des kleinen Kellerfensters hängt,

und den Bilderrahmen mit den geprägten Bierflaschenetiketten
bis zu dem Brett mit den dreiundvierzig Autogramm-Plektren.

Und nun kommt wieder die Sache mit der Gewohnheitsliebe ins Spiel. Die einem so sehr in die Quere kommt, wenn man ein neues Leben beginnen will. Die einen immer wieder an den Punkt zurückbeamt, an dem man vor ewigen Zeiten aufgebrochen ist, sodass man im Kreis läuft und mit jeder Runde noch unnormaler wird, als man es sowieso schon war, und damit wird es eben auch so vertrackt.

Kaum hatte ich nämlich die Schwelle zum Kabuff überschritten, kam es mir vor, als hätte mich jemand in meine alte Babybadewanne getaucht. Wohlig und warm und genauso winzig wie alles andere bei Spiekmanns zu Hause. Ich war die uralte Anouk (beziehungsweise: die urjunge), die auf Metal steht und die alles, was es bei Moritz zu entdecken gibt, super fand. Als wir uns auf sein Hochbett setzten, um ein Konzept für unser Referat auszuarbeiten, kamen mir die Ideen schneller, als ich sie aufschreiben konnte, und nach fünf Minuten hatte jeder seinen persönlichen Aufgabenplan.

Er: Ursprünge und Entwicklung.

Ich: Stil.

Jeder noch ein Musikbeispiel, fertig.

Easy-peasy.

»Und jetzt!«, rief Moritz, klappte seinen Collegeblock zu und schwang sich wieder vom Hochbett.

»Was, und jetzt?«, fragte ich, und mein Herz verfiel in einen holprigen Trab.

Denn aus irgendeinem Grund ahnte ich sofort, dass das, was nun folgen würde, genau das war, wofür Moritz mich überhaupt in sein gut verborgenes Puppenhaus gelockt hatte. Und das Schlimmste war: Noch ehe ich wusste, worum es überhaupt ging, WOLLTE ich es auch schon (ob ich es nun wollen wollte oder nicht).

Tja. Gegen

Verwunschenheit

\+

Gewohnheitsliebe

\+

Teufelskraft

kommt eben selbst der stärkste Mensch nicht an.

Geschweige denn jemand, der das Unnormal-Gen hat.

»Also.« Moritz nahm seine E-Gitarre aus dem Ständer und stöpselte den Klinkenstecker in den Verstärker. »Ich hab in letzter Zeit ein paar Stücke geschrieben. Die meisten sind instrumental, aber ein Song ist auch dabei.«

Er schlug einen Akkord an. Im Kabuff breitete sich ein metallischer Sound aus und mein Herzgetrabe ging in einen Galopp über. *Ziltoid the Omniscient* blinzelte mir mit seinen Glubschaugen verschwörerisch zu und die Totenköpfe nickten im Chor und klackerten dabei mit den Zähnen.

Und da war ich mir ganz sicher:

Das hier war genau das, was Philipp immer *Underground* nennt, wenn er von *Gryphos* erzählt und davon, was seine Musik ihm bedeutet. Irgendwo, in einem unbekannten Winkel der Welt, wo niemand damit rechnet, passiert etwas Ungeheuerliches und Großes. Niemand hat es geplant, denn es geschieht aus blanker Leidenschaft, aber manchmal, wenn man zur richtigen Zeit am richtigen Ort ist, hat man das Glück, ein klitzekleiner Teil von dem geheimen Großen zu werden.

»Lass hören«, flüsterte ich.

Und Moritz ließ hören. Seine Finger tanzten über das Griffbrett und sein Plektron (eins ohne Autogramm drauf) riss an den Saiten. Es war sehr profimäßig und sehr cool ... zumindest bis er anfing zu singen.

»Mi-mi-miii«, piepste er, und es klang genauso mitleiderregend wie Beaker in der Muppet-Show, während Animal sein Drumset malträtiert, Zoot in sein Saxofon trötet und das Publikum sich kaputtlacht. »Mi-mi-mi-miii-mi-miiiiiii.«

Hell no!

War doch wohl klar, dass ich unter diesen Umständen einwilligen würde, ihm den passenden Text zu schreiben.

Oder etwa nicht?

Den Flyer hab ich erst am Abend gefunden, als ich meinen Rucksack ausgeräumt und für die Schule neu gepackt hab. Er hat zwischen den fotokopierten Noten geknautscht, die Moritz mir mitgegeben hatte, damit ich mich *ablaufmäßig orien-*

*tieren* kann. (Dass ich in Sachen Notenlesen eher analphabetisch unterwegs bin, hatte ich lieber nicht erwähnt. Er wollte mir schließlich auch die *Mi-mi-miii*-Instrumentalversion zusammen mit seinen anderen Stücken auf CD brennen [und hat sie mir gleich heute in der Schule mit verschwörerischer Miene übergeben]. Damit müsste es *orientierungsmäßig* klappen. Sag ich jetzt mal so. Ich werd's zumindest ausprobieren.)

Jedenfalls, der Flyer.

Es war nicht mehr als ein Schmierzettel. Moritz hatte auf der Rückseite ein paar Notizen für mich gemacht: woran er beim Komponieren so gedacht hatte, wovon der Liedtext handeln könnte (*Rebellion* oder *Krieg* oder *Weltuntergang*), wie er klingen sollte (nett oder nicht so nett oder durch und durch unnett) und so weiter. Wobei Moritz aber meinte, er wolle mir nicht groß reinquatschen, weil Schreiben, das sei nicht so seins. Da hätte ich bestimmt viel bessere Ideen als er.

Und darum wollte ich den Zettel, als er mir zu Hause beim Auspacken aus dem Stapel entgegengeflattert ist, eigentlich auch gleich wegschmeißen. Ich hab ihn aufgehoben, zusammengeknüddelt und in meinen Papierkorb geworfen. Zumindest hab ich das versucht. Aber der Zettel ist danebengefallen und mit der verkrumpelten Vorderseite nach oben gelandet. Da sind in einer der Papierdellen Teile von einem Wort sichtbar geworden und haben blutrot aufgeleuchtet:

Gr phos

Und in einer anderen Delle:

The first Album

Und an einem Knick entlang:

~~*Official Release*~~

Meine Knie haben angefangen zu zittern.

Ich hab den Flyer aufgehoben, ihn glatt gestrichen und zweiunddreißigmal gelesen. Hinterher waren meine Knie so weich gezittert wie Grießbrei.

»Philipp!«, hab ich gemurmelt und mich in stabiler Seitenlage auf den Fußboden gelegt. »Reicht's dir nicht, plötzlich einen auf hochamtliche Liebe zu machen und auf Kinder und all das Gedöns, statt dich mit deinen Freundefrauen zufriedenzugeben und mit deiner schon vorhandenen Tochter und mit deinen Verknallfrauen fürs Bett? Musst du jetzt auch noch aus dem Underground hervorkriechen, dir ein scheißkommerzielles Label suchen und ein fucking Mainstream-Rocker werden?«

Für einen Moment ist mein Blick an meinem CD-Ständer hängen geblieben mit all den Alben, die auch mal von irgendwelchen verdammt coolen Leuten veröffentlicht worden sind, die damit mehr oder weniger berühmt geworden sind und die trotzdem immer noch gute Musik machen (vorausgesetzt, man ist für Metal und nicht für Pop, was auf mich ja gar nicht mehr zutraf, wie mir siedend heiß eingefallen ist [mal abgesehen von kleinen Ausnahmen]).

Aber bei Philipp war das was anderes.

Bei Philipp IST das was anderes. Philipp gehört in enge, ranzige Clubs, wo viel zu viele Leute hinkommen, sich gegenseitig die Luft wegatmen und vor Begeisterung schreien und tanzen und abrocken, sobald er anfängt zu spielen.

Philipp ist der, von dem die vollständige Glücklichkeit ausgeht, weil er einfach nur tut, was ihm gefällt, auch wenn dabei nichts für ihn rausspringt und er sich am Ende des Monats ein paarmal bei uns zum Essen einladen muss.

Er ist keiner, der einen auf Erfolg macht.

Oder auf Geld.

Oder auf Ruhm.

Beziehungsweise: Er WAR keiner, der einen auf Erfolg und Geld und Ruhm gemacht HAT. Zumindest solange er noch ein freier Mann gewesen ist und nicht den Plan hatte, irgendjemanden zu heiraten und vielleicht sogar eine Familie zu gründen.

Jetzt ist er ein anderer.

»Am besten heiratest du auch noch KIRCHLICH, du Blödmann«, hab ich geflüstert. »Katholisch, wohlgemerkt! Im Namen der Barmherzigkeit. Damit Greta und Ben nicht von der Kali gefressen werden!«

Und ich hab mich kein bisschen gewundert, dass Philipp MIR den bescheuerten *Gryphos*-Flyer NICHT gegeben und seine CD-Produktion bei seinem letzten Besuch gar nicht erst erwähnt hatte. Denn er wusste wahrscheinlich ganz genau, dass ich ...

dass ich ...

Bevor ich gewusst hab, WAS Philipp über mich wusste, hab ich plötzlich angefangen zu weinen. Einfach so, obwohl ich Weinen echt albern finde und jammerig und doof. Aber je doller ich mich darüber geärgert hab, dass ich weinen musste, desto doller ist das Weinen angeschwollen. Um ehrlich zu sein: Ich hab Rotz und Wasser geheult und wieder Wasser und Rotz, denn auf einmal hab ich die ganze Welt so kompliziert gefunden und so verwickelt und so unnormal, und am allerunnormalsten von allem war: ich. Noch immer. Beziehungsweise mein komisches Leben.

Um ein Haar wär ich es übrigens losgeworden (also, mein Leben) und wäre auf dem Friedhof gelandet und hätte dort meine Ruhe gehabt mit nichts als dem freundlichen Nachthimmel über mir und ein paar netten Gespenstern als Freunde für alle Ewigkeit. Denn der Fußboden war schon mehrere Zentimeter hoch von meinen Tränen überflutet und die stabile Seitenlage hätte mir ertrinkenstechnisch jede Sekunde zum Verhängnis werden können. Aber auf einen Schlag waren keine Tränen mehr in mir, sondern nur noch Müdigkeit, und so bin ich bloß ein bisschen durchnässt worden.

»Kacke«, hab ich noch gemurmelt. »Kann mal einer ein Buch darüber schreiben, dass ein unnormaler Mensch mit einem komischen Leben auf dem Friedhof landet und dort seine Ruhe hat mit nichts als dem freundlichen Nachthimmel über sich und ein paar netten Gespenstern, die nur noch Namen sind und Wörter und Vorstellungen und die seine Freunde sind für alle Ewigkeit?«

Und ohne mich einen Millimeter vom Fleck zu rühren oder mich gar auszuziehen und die Zähne zu putzen, bin ich eingeschlafen.

Das alles war gestern. Und wieder ist es Abend, jetzt. Der Fußboden ist längst getrocknet, und der Himmel ist voller Sterne, die klein sind und weiß und hart und glänzen wie Zuckerperlen auf einem Schoko-Cupcake. Einer hängt ganz dicht über unserem Haus. Ich glaub, ich mache mein Fenster auf, bevor ich mich mit dem *Graveyard-Buch* ins Bett lege. (Danke schön, Neil Gaiman, dass du meinen Friedhofswunsch sozusagen über Nacht erfüllt hast und ich heute in der Schulbücherei gleich das richtige Buch gefunden hab!)

Vielleicht schwebt, während ich lese, ja lautlos ein Zuckerstern in mein Zimmer, versteckt sich in einer dunklen Ecke und bleibt für immer da.

*Hell no!*

Jetzt hab ich auch noch Appetit auf ein Betthupferl.

## Samstag, der 25. August
### (Der Tag der zufälligen Begegnungen)

Ich hatte es mir genau überlegt. Die ganze Aktion war durchdacht und besonnen und so weiter. Sonst wär ich ja gleich zu Philipp gerannt, gestern nach der Schule schon, und hätte ordentlich Rabbatz gemacht wegen all dem Doofen, das er gerade verzapft, damit er sich gefälligst und endlich wieder einkriegt.

Aber nein, so bin ich nicht, ICH nicht. Ich kann einen Tag verstreichen lassen und mich abregen und *vernünftig über alles reden,* wie MaMi immer sagt.

Wobei, über ALLES zu reden ist natürlich Schwachsinn. Das geht nur nach hinten los. Da nimmt man all seinen Mut zusammen und vertraut jemandem was Persönliches an, einer seiner Mütter zum Beispiel, und kurz darauf weiß es auch die andere und will unbedingt mitreden, obwohl sie in der Angelegenheit ganz klar die Falsche ist.

So war es jedenfalls neulich, als ich Bauchschmerzen hatte und, wie ich finde, aus sehr berechtigten Gründen hoffte, ich würde zum ersten Mal meine Tage kriegen. Aber es waren nur peinliche Blähungen und von Tante Rosa keine Spur, und nachdem Matrix ins Gespräch geplatzt war und mit einer einzigen Frage aus MaMi rausgeholt hatte, worum es ging, konnte sie gar nicht aufhören zu betonen, wie schrecklich SIE es ihrerzeit gefunden habe, schon mit zehn (!) dabei gewesen zu sein, und wie hinderlich das beim Spielen war, und dass ich doch froh sein solle, noch ein bisschen Ruhe davor zu haben. (MaMi hat mir nur einen Fencheltee gekocht. Sie hat ihre Tage aber auch erst mit vierzehneinhalb gekriegt.)

Oder man gibt in der Schule irgendwas von sich, das nicht jeder hören soll, zum Beispiel, wie fies man bestimmte Lehrkräfte findet und wie grottig ihren Unterricht und wie unfair, dass in ihren Arbeiten immer ganz andere Sachen drankommen als bei den Hausaufgaben. Und in der nächsten Pause hat es sich schon bis ins Lehrerzimmer rumgesprochen, und *Mister Smith himself* lässt fragen, ob es irgendwelche Probleme gebe. Hab ich durchaus so erlebt.

Also, immer ALLES laut zu sagen – das ist Bullshit! Aber manchmal ist ein *vernünftiges Gespräch* auch was Gutes, besonders, wenn es sich um wirklich wichtige Dinge dreht. Schon rein strategisch.

Und darum hatte ich einen *Plan* (Liste 2). Für heute.

So sah er aus:

1. zu Philipp gehen (mit vielen frischen Brötchen, für die ich mir von meinen Müttern genügend Geld mitgeben lasse)
2. ausgiebig mit ihm frühstücken und
3. mit ihm quatschen (zum Beispiel über Moritz und darüber, dass ich einen Text für ihn schreiben will und was ich dabei beachten muss) und mir von ihm was vorspielen lassen, dabei aber

4. kein Sterbenswörtchen über THE FIRST ALBUM verlieren und ihn
5. hinterher zu uns entführen (Mittagessen, Kaffeetrinken, Abendbrot, Bier saufen, lachen, reden, Karten spielen)
6. ihn so an alles erinnern, was er an *seinen Damen* hat, und
7. dafür sorgen, dass ihm die Lust auf den ganzen anderen Kack (Kathrin, Kinder, Karriere) wieder vergeht.

Und so hätte ich's auch gemacht, selbst wenn ich dafür alle anderen Pläne (Liste 1, siehe Sonntag, der 19. August) ein bisschen warten lassen musste. Haar-ge-nau so. Wäre ich nicht

***Anouk Vogelsang,***
***die durch die durchschlagende Wirkung***
***ihres Unnormal-Gens***
***alle Pläne in ihr Gegenteil verkehrt.***

Nämlich.

Ich hab mir Matrix' Rad genommen, weil erstens Philipp zu weit weg wohnt, um zu Fuß hinzugehen (es sei denn, man ist Extremwanderer, betreibt Nordic Walking oder ähnliche Selbstquälereien), und zweitens als kleine Erinnerung an meine Mutter (genauer gesagt, Matrix), dass ich MEIN Rad aus bestimmten Gründen (die sie selbst am besten kennt) noch immer nicht benutzen kann. Auch so eine Strategie. Außerdem schien die Sonne, auf den Straßen waren lauter fröhliche

Samstagsleute und ich hatte totale Lust auf Fahrradfahren nach so langer Zeit als Fußgängerin.

Matrix' Sattel ist allerdings etwas zu hoch für mich, ihre Gangschaltung schaltet sonderbar, ihre Bremse bremst anders als meine und, nun ja, so bin ich also in einer Spielstraße voller Pflanzenbottiche zur Verkehrsberuhigung und voller Kinder zur Verkehrsirritation ins Schlingern geraten, musste den Lenker zur Seite reißen und hab dabei, um nicht selbst hinzufliegen, die Brötchentüte fallen gelassen. Die natürlich sofort geplatzt ist, und zwar mitten über einem Kreidebild vom kleinen Wassermann, reitend auf dem Rücken des Karpfens Cyprinus, der genauso fischig aussah wie im Buch und genauso glubschige Augen hatte. Ein Rosinenbrötchen ist direkt im Karpfenmaul gelandet, das sofort gierig daran gelutscht hat, und da hatte ich gleich wieder schlechte Laune.

»Lass das, du hässliche Kreatur!«, hab ich gefaucht.

*Der kleine Wassermann* hatte nie zu meinen Lieblingsgeschichten gehört und daran war der Karpfen Cyprinus nicht unschuldig.

Ich also das Rad abgestellt, um alles wieder einzusammeln, und wen seh ich da? Welchen von den über 500.000 Einwohnern der Landeshauptstadt Hannover? Na?

Lore.

In der Hand ein Stück Kreide, mit der sie gerade eine Seerose aufs Pflaster malte, und an der Seite eine verkleinerte Version ihrer selbst mit dünnen Zöpfen und stupsnasigem Kindergesicht, die nur ihre Schwester sein konnte. Ich wäre am liebsten in den Mühlenweiher abgetaucht und hätte mich zwischen den Algen versteckt!

Aber Lisa, diese kleine Bitch, hat an Lores Pulli gezerrt, hat – »Guck mal, die da!« – auf mich gezeigt und es unheimlich interessant gefunden, wie ich da über den kreidestaubigen Boden kroch. »Die will die Brötchen noch essen!«

»Glaubst du, ich hatte vor, sie als Fischfutter zu verwenden?«, hab ich sie angepflaumt, und um ein Haar hätte ich noch hinzugefügt, dass nur verwöhnte, aus dem *Speckgürtel* stammende Blagen auf die Idee kommen können, einmal runtergefallene Lebensmittel wegzuschmeißen, und ob sie schon mal was von Welthunger gehört habe und Ressourcenverschwendung und Klimawandel und atomarer Aufrüstung und Apokalypse und Ausrottung der Menschheit ... Aber da hat schon Lore neben mir gehockt, um mir zu helfen, und ich konnte den Kommentar gerade noch runterschlucken.

»Ich hol dir schnell eine heile Tüte«, hat sie gesagt, als ich schließlich mit allen Brötchen im Schoß (und grünen Händen und Knien und Schwimmhäuten) hinter dem kleinen Wassermann auf dem Karpfenrücken saß.

Und ehe ich einen Mucks machen konnte, ist sie schon in einem Haus verschwunden, das war so ein typisches, gemütliches Haus mit Vorgarten, in dem lauter Familien mit Kindern wohnen und wo in jedem zweiten Fenster irgendwelche Window-Color-Bilder kleben oder Osterhasen aus Transparentpapier (die jemand vergessen hat abzunehmen) und wo bunte Windräder in den Blumenkästen stecken.

Lisa hat immer noch dagestanden und geglotzt.

»Kennst du die Stelle mit dem Neunauge, das den kleinen Wassermann in seinen Träumen heimsucht?«, hab ich sie gefragt. »Von dem auch alle anderen Kinder Albträume kriegen?«

Und da ist sie schnell hinter Lore hergelaufen.

*Hell no!*

Erst auf dem Fahrrad (die neue Tüte in der Hand und wieder ein paar einigermaßen brauchbare Gedanken im Kopf) wurde mir klar, was für ein unglaublicher Zufall gerade geschehen war, was durch ihn möglich gewesen WÄRE, wenn ich nur ein paar Millimeter weiter als an BRÖTCHEN gedacht hätte, und wie dämlich ich mich stattdessen schon wieder benommen hatte. Und ich hab mich doll und dusselig geärgert.

Immerhin hab ich nun aber gewusst, wo Lore wohnt, und mir vorgenommen (noch ein *Plan!* [Liste 3]), im Laufe des Wochenendes

1. bei ihr vorbeizufahren, mich
2. mit einem Geschenk bei ihrer Schwester zu entschuldigen und
3. Lore zu sagen, dass sie wirklich superschön malen kann.

Ja, und dann war ich bei Philipp. Beziehungsweise NICHT bei Philipp. Und spätestens dort hab ich mir gewünscht, ich hätte die dummen Brötchen liegen lassen, wo sie waren, noch mal ordentlich draufgetrampelt und vom Wasser des Mühlenweihers zu ekliger Teigmatsche aufweichen lassen. Welthunger hin oder her.

Denn es war gar nicht Philipp, der groß und schlenkerig in der Tür gestanden hat, als ich nach sechs Stockwerktreppen total außer Atem vor seiner Dachwohnung ankam.

Es war nicht Philipp, der mich schon an meinem Morseklingelcode (kurz-lang für A, kurz-kurz-kurz-lang für V) erkannt hatte und mir wissend ein Glas Wasser und ein Handtuch entgegengehalten hat.

Es war nicht Philipp, der mich, nachdem ich den allerschlimmsten Fahrrad- und Treppendurst gestillt hatte, in den Arm genommen und gesagt hat: »Dammit, da ist ja meine Lieblings-Anouk!«

Um auf den Punkt zu kommen: Niemand hat das gesagt.

Die Person, die mir Philipps Wohnungstür aufgemacht hat (ohne Wasser und Handtuch), hat nur auf unverschämt fragende Weise »Hallo?« gesagt, als wäre ICH hier die Unbekannte und nicht SIE. Also, die Person.

Die in der Tat eine Sie war, eine sehr sieige Sie sogar – mit allem, was dazugehört: Beinen und Busen und einer superstylishen Frisur, die ich nicht mal BESCHREIBEN könnte (merke: Zeitschriften lesen! [Liste 1, Punkt 8]), außer, dass rotblonde Haare im Spiel waren.

Genau genommen war wohl tatsächlich ICH die Unbekannte, denn ich für meinen Teil hab sofort kapiert, mit wem ich es zu tun hatte. Kathrin eher nicht. Offenbar bin ich kein Gesprächsthema zwischen Philipp und ihr (beziehungsweise: war es bis heute nicht), und was das bedeutet …

… also, wenn jemand sein eigenes Kind nicht erwähnt …
… und wer die Mutter von dem Kind ist …
… beziehungsweise die Mütter …
… und wie die ihn lieben und ihm alles verzeihen und ihn jedes Jahr zu Weihnachten einladen …

… und zwar das alles nicht erwähnt gegenüber der Frau, die er vorhat zu heiraten und zu begatten und damit zur Mutter seiner weiteren Kinder (G. und B.) zu machen …

Jedenfalls.

Sie hat mich angeguckt mit ihren grünen Rotblonde-Leute-Augen, und durch die Luft schwirrten lauter kleine Fragezeichen, die ? → ? → ? auf meiner verschwitzten Stirn landeten und wahnsinnig juckten.

»Ich … ist Philipp da?«, hab ich gefragt und mich mit allen zehn Fingern gekratzt.

»Nein, gerade leider nicht.«

Unter die Fragezeichen, die sich noch immer aus ihren Blicken formten, mischten sich auch einige Punkte. Ich bin fast verrückt geworden vor Juckreiz.

»Wo ist er denn?«, wollte ich wissen.

»Also, vielleicht könntest du mir erst mal sagen –?«

Fragezeichenattacke.

Ich MUSSTE etwas tun, musste dieses Juckpulver irgendwie abwehren.

»Ich bin Anouk!«, hab ich darum gerufen, und zwar mit einem Ausrufezeichen, das ich ihr direkt auf die Nasenspitze gefeuert hab.

»Hallo, Anouk«, hat sie erwidert und sich nun ihrerseits gekratzt, »ich bin …«

»Ich weiß, wer SIE sind! Philipp hat mir von Ihnen erzählt, KATHRIN! Unserer ganzen Familie.«

Volltreffer!

Sie hat überrascht die Augen aufgerissen und nun war das

Satzzeichengefecht in vollem Gange. Wir haben uns regelrecht bombardiert:

?

! ! !

? ? ?

? ??

! ! ! ! ! ! ! !

! !

... ??? ?? ... ????? ... ???

!!!!!! !!!!!! !!!!!! !!!!!!

... ??? ... ?? ... ? ? ?

!! !!!!!!!!!!!!!!!!! !!! ! ! ! !

... ? ... ?

? ...

! !!!!!!!!!!!!!!!!!!!!!!! ! !!!!!! !

? ? ?

… und immer so weiter, bis Kathrin irgendwann in sich zusammengesackt ist und gemurmelt hat: »Er ist heute den ganzen Tag im Tonstudio.«

Als wäre DAS das einzige Normale, an das sie sich an diesem Morgen halten konnte.

Und plötzlich hab ich begriffen. Hab begriffen, dass für Philipp ein Tag im Tonstudio jetzt normal WAR, genau wie die rotblonde Frau, die in seiner Wohnung auf ihn gewartet hat – ich hab begriffen, dass ich mir meine Liste-2-Pläne sparen konnte, weil er einfach nicht mehr derselbe Philipp war, den ich mal gekannt hatte.

Also der Undergroundeinschulungsverknallfrauenphilipp.

Und auf den Main

stream

CD

auf

nahme

familien

grün

dungs

philipp

konnte ich locker verzichten.

Also hab ich Kathrin die Brötchentüte in die Hand gedrückt und mich zur Treppe umgedreht.

»Mit schönem Gruß an meinen VATER«, hab ich im Runtergehen gesagt. »Und richten Sie ihm aus, bis auf Weiteres kann er mich mal.«

Zu Hause hab ich erst mal einen Anschiss kassiert, von wegen *Fahrrad ausleihen, ohne zu fragen* und dergleichen mehr, aber ich hatte schon auf dem Bürgersteig gesehen, dass Matrix in der Zwischenzeit meinen Platten repariert hatte, also war immerhin eine Strategie aufgegangen.

Sie hat auch ziemlich schnell aufgehört zu meckern, nämlich genau in dem Augenblick, als sie gemerkt hat, dass ich mich gar nicht verteidigte, sondern nur schweigend im Wohnungsflur rumstand, und das ist ihr dann wohl doch spanisch vorgekommen.

»Alles klar?«, hat sie gefragt und mir dabei so ins Gesicht geguckt.

Und als MaMi fast im selben Moment (barfuß und noch im Pyjama, aber offenbar schon [oder noch?] bei der Arbeit, denn sie hatte einen langen goldenen Stoffstreifen über dem Arm), als MaMi also aus ihrem Zimmer gewirbelt ist und gerufen hat: »Anouk, das musst du sehen!«, da hat sie richtig streng abgewinkt.

»Nein, es ist NICHT alles klar«, hab ich geantwortet, bin zur Garderobe und hab mir das Gesicht an einem der Jackenärmel abgewischt (der hinterher leicht grünlich war). »Eigentlich ist überhaupt nichts klar, sondern total unnormal, aber das versteht ihr nicht, und außerdem will ich unbedingt mal Karpfen essen, ist heute nicht Markt?«

Dann bin ich in die Küche gegangen, hab mich minutenlang unter den Wasserhahn gehängt und nicht mehr aufgehört zu trinken.

In den nächsten Stunden hab ich den *Criss Angel* gemacht, also: mich unsichtbar. In meinem Zimmer natürlich, womit ich mal wieder knallhart gegen Punkt 9 (Liste 1) verstoßen und dazu alle anderen Punkte (sowie Listen) schwer vernachlässigt hab. Aber ich möchte betonen, dass es aus künstlerischen Gründen geschah, schließlich musste ich einen Text für Moritz schreiben, Metal/Pop-Fragen hin oder her.

Beziehungsweise, ich HÄTTE einen Text für Moritz schreiben MÜSSEN.

Dazu kann ich nur sagen: Einen Songtext zu erfinden, ist schwierig, besonders, wenn er von *Rebellion* oder *Krieg* oder *Weltuntergang* handeln soll, und darum ist auch nicht besonders viel dabei rausgekommen.

Obwohl ich wirklich alles gemacht habe:

- meine Bleistifte angespitzt
- einen Notizblock bereitgelegt
- eine neue, bettlakenweiße Computerdatei geöffnet
- die CD mit der Muppet-Show-Version von Moritz' Lied eingelegt und dabei die Noten mitgelesen (ging!)
- mir eine von Matrix' Muppet-Show-DVDs ausgeliehen und auf meinem Steinzeit-Laptop sämtliche Nummern mit Beaker angeguckt (hakte!)
- dabei meine Schreibtischschubladen aufgeräumt
- noch einen Bleistift angespitzt (den ich unter dem Gerümpel gefunden hatte)
- die CD von vorne gestartet

- noch mal alles angehört (auch die Instrumentalstücke)
- tausend Wörter, die mir dabei durch den Kopf geschossen sind, notiert
- und dann bemerkt, dass meine Gedanken kein bisschen bei der Sache waren.

Ich weiß einfach nicht, wie es bei einer Rebellion zugeht, und erst recht nicht, was es bedeutet, in den Krieg zu ziehen oder den Weltuntergang mitzuerleben. Je mehr ich versucht hab, es mir vorzustellen, desto weniger hat es geklappt, und immer, wenn mein Kopf angefangen hat, ein Bild zu erfinden, hat sich ein anderes Bild davorgeschoben.

Von Philipp.

Von Lore.

Vom kleinen Wassermann.

Alles, was hinterher auf meinem Block stand, hatte mit meinem eigenen, unnormalen Leben zu tun, und darum hab ich dann auch wieder zu meinen Memoiren gewechselt und all die vielen Buchstaben, Ausrufe- und Fragezeichen eingetippt, die man jetzt hier lesen kann (vorausgesetzt, ich würde es erlauben).

Weil ... *tadaaa!*

DA hab ich wenigstens was zu erzählen. Sogar über die Apokalypse.

*Hell yeah!*

PS: Wir haben heute Mittag natürlich keinen Karpfen gegessen (denn MaMi und ich sind schließlich Vegetarierinnen, und Matrix isst, wenn überhaupt mal ein Stück Tier, dann ein *richtiges* [= bluttriefendes] Steak oder eine *fettige* Currywurst oder einen *echten* Döner [also aus altem, stinkendem Hammel]), sondern Gemüsesuppe mit Semmelknödeln. Was ich auch irgendwie ganz passend gefunden hab.

## Sonntag, der 26. August
### (Der Tag der unmütterlichen Mütter)

Es ist nicht lustig, davon wach zu werden, dass die eigene Mutter (genauer gesagt, Matrix) einen an der Schulter rüttelt und die ersten Worte, die man an einem sonnigen Sonntagmorgen im Spätsommer zu hören kriegt, nicht etwa lauten: »Auuufstehen, mein Engel, ich hab uns Brombeerwaffeln mit Schmand gebacken!«

Oder: »Überraaaschung! Wir machen heute Open-Air-Frühstückskino auf dem Balkon!«

Oder: »Zieh dich schnell a-aan! Heute wird's noch mal knackeheiß, wir fahren zu den Kiesteichen!«

Sondern: »Sag mal, spinnst du?«

Es ist auch nicht lustig, wenn man für einen kurzen Moment ins lichtdurchflutete Zimmer blinzelt und dabei sieht, dass die eigene Mutter (siehe oben) ihr Telefon in der Hand hält, aus dem eine funkenstiebende RAUCHSÄULE aufsteigt, als wären in ihm lauter heiße Wörter herumgezischt und hätten einen Schwelbrand ausgelöst, und man aus Müdigkeitsgründen zwar noch gar nicht richtig denken kann, aber das eigene Herz schon längst begriffen hat, worum es geht, und schlimmer holpert als ein Platten auf Kopfsteinpflaster.

»Mmmmmm ... phhh.« Ich hab mich zur Wand gedreht mit

meinem radauenden Herzen, hab die Augen wieder fest zusammengekniffen und mit all meinen telepathischen Kräften gedacht:

*Hier schläft in seliger Ruh*
*Anouk Vogelsang*
*und sieht nix und hört nix und weiß nix*
*(bummBUMM, bummBUMM, bummBUMM).*

Aber auf meiner Schulter hat noch immer Matrix' Hand gelegen und auch der Rest von ihr hat nicht lockergelassen.

»Tu nicht so, als wärst du nicht längst hellwach«, hat sie gesagt.

»Mmmmmm ... phhh.«

»Solche Geräusche machst du im Schlaf nicht mal, wenn du eine Bronchitis hast!«

»P-p-phhh ... hhh ... Mmmmmmoagn.«

Der Druck an meiner Schulter hat nachgelassen, aber ich konnte immer noch jede der fünf Fingerspitzen fühlen, und es war kein angenehmes Gefühl.

»In zehn Minuten gibt's Frühstück«, hat Matrix gesagt. »Und danach rufst du Philipp an und entschuldigst dich.«

Zehn Minuten später hab ich am Frühstückstisch gesessen. Es ist ja nicht so, dass ich simuliere oder mich vor irgendwas drücke oder dergleichen mehr.

Mangels liebevoll gebackener Waffeln hab ich mir ein Brombeermarmeladenbrot geschmiert und eine Tasse Kakao aufgeschüttet (kalt). Ich hab den Kakao gründlich umgerührt. Ich hab meine Serviette auf den Schoß gelegt, das Brot vom

Teller genommen und angefangen zu essen. Mit sehr kleinen Bissen. Ich hab sie ausgiebig gekaut und sie sind sehr süß geworden.

»Jetzt lass aber mal die Katze aus dem Sack«, hat MaMi gesagt und mich ermutigend angelächelt. »Was ist denn da eigentlich vorgefallen zwischen dir und Philipps Freundin, dass du so angriffslustig werden konntest?«

Ihr Gesicht hat zwar viel freundlicher ausgesehen als Matrix' Tickst-du-noch-ganz-richtig-Miene, aber ich hab trotzdem unermutigt zurückgeguckt. Denn Lächel-Blicke sind manchmal noch gefährlicher als Zorn-Blicke. Sie wollen dasselbe, nur auf andere Weise, nämlich auf eine heimtückische. Sie wollen nicht nur, dass man etwas tut, das man eigentlich nicht tun will, sondern dass man es auch noch GERNE tut.

Und was ich nicht tun wollte, war: mit Philipp telefonieren.

Oder gar: mich bei ihm entschuldigen.

Ich hätte auch gar nicht gewusst, wofür. Höchstens, wofür ich es nach Meinung meiner Mütter musste. Matrix hat es mir mehr als deutlich gesagt: »Du solltest dich für Philipp und Kathrin freuen!«

Und: »Anderen Leuten in ihr Privatleben reinquatschen geht gar nicht.«

Und: »Blih, blah, blubb.«

Aber ich hab mich nicht gefreut, und ich hab sehr wohl gefunden, dass ich ein Wörtchen mitzureden hab, was Philipps Privatleben betrifft. Denn sonst ... sonst ...

»Sonst hätte er seine *fruchtbringende Männlichkeit* ja auch im Klo runterspülen können, statt ein Kind damit zu machen!«, hab ich gerufen und den letzten Rest Brombeerbrotbrei runtergeschluckt. »Einen anderen Vater hab ich nämlich nicht, falls ihr es noch nicht bemerkt habt. Oder seht ihr hier irgendwo einen?«

MaMi ist totenbleich geworden und Matrix knallfeuerrot und da bin ich lieber vom Tisch aufgestanden.

»Übrigens fahr ich jetzt zu Lore aus meiner Klasse«, hab ich noch schnell hinzugefügt. »Ich hab nämlich auch ein Privatleben.«

Dann:
Kakao runtergluckern,
Tasse auf den Tisch knallen,
TSCHÜSS.

Ich wusste, dass ich noch irgendwo diese CD hatte (unbenutzt und originalverpackt), nur nicht, wo sie eigentlich mal hergekommen war. (Kindergeburtstag? Oma-Opa-Tante-Onkel-Geschenk? Gewinn bei einer Grundschultombola? Verzweifelte Maßnahme zur Verbesserung meiner Fremdsprachenkenntnisse?) Sie heißt *Englisch lernen mit dem kleinen Wassermann,* und die Vorstellung, sie zu verschenken, hat mir große Freude gemacht,

a) wegen Englisch,
b) wegen des kleinen Wassermanns und
c) damit jemand anderes mehr von ihr lernen und später mal ins Ausland gehen und im Leben Glück und Erfolg haben kann.

Jawohl. Es hat auch gar nicht sooo lange gedauert, bis ich

sie gefunden hab (in meinem CD-Ständer [tatsächlich!]), und dann bin ich einfach losgefahren.

Na ja, einfach ...

Ich behaupte nicht, dass ich nicht aufgeregt war. Also: Ich WAR aufgeregt. Sehr sogar. Mir schlottern die Knie, wenn ich nur daran DENKE, wie ich auf dem kleinen Vorgartenweg vor den sechs Klingelschildern gestanden hab und wie das Schild mit der Aufschrift PFEIFER warnend geblinkt und gepiept hat, als wär in ihm ein Unnormale-Leute-Erkennungssystem eingebaut.

Noch viel doller haben meine Knie heute Vormittag geschlottert, als ich nicht nur daran GEDACHT hab (wie jetzt), sondern wirklich und wahrhaftig vor dem Haus GESTANDEN hab, in dem Lore wohnt.

SCHLOTTER, SCHLOTTER, SCHLOTTER.

Jedes Mal, wenn ich in Zeitlupe meinen Finger gehoben hab, musste ich mir vorstellen, wie Lisa mir die Tür aufmacht und ruft: »Mamapapalooore, da ist das gemeine Mädchen von gestern!« Und wie dann eine Frau, die aussieht wie Lore in erwachsen, und ein Mann, der gerne Fahrräder repariert und auch sonst ein supertoller Vater ist, im Flur auftauchen, mich von Kopf bis Fuß mustern und, gerade als auch Lore um die Ecke lugt (und nicht weiß, ob sie sich freuen soll oder nicht [weil ich ja vielleicht wieder was Komisches mache]), mir freundlich zu verstehen geben, dass es ihnen sehr leidtue, aber dass eine derartig unnormale und darüber hinaus völlig unmögliche Person als Freundin für ihre Tochter nicht ganz das Richtige sei.

Und wieder und wieder hab ich den Finger sinken lassen.

Doch dann hab ich plötzlich gemerkt, dass das Alarmpiepen nur in meinem Ohr war und dass das Blinken damit zu tun hatte, dass ich beim Mir-was-Vorstellen immer zwinkern muss, und da hab ich noch mal – schneller – den Finger ausgestreckt und GEKLINGELT.

Und es ist alles ganz anders gekommen.

Was ausnahmsweise nicht (nur) an meinem Gen gelegen hat, sondern (auch) daran, dass Lisa gar nicht da war. Und Lores Vater auch nicht. Und schon gar nicht ihre Mutter. Sondern nur Lore selbst, und darum hat natürlich auch nur sie allein in der Wohnungstür gestanden.

»Hallo, Anouk«, hat sie gesagt, als ich mit meinen Schlotterbeinen die fünf Stufen zum Hochparterre hinaufgewackelt bin (ein bisschen erstaunt und ein bisschen verlegen und ein bisschen froh). »Willst du reinkommen? Bei mir ist heute den ganzen Tag keiner da.«

Und sie hat so auf ihre Lore-Art geguckt, und ich hab zurückgeguckt, und der Schmetterling in ihren Haaren hat ganz sanft mit den Flügeln geschlagen. Und obwohl ich immer noch schrecklich nervös war wegen gestern und wegen neulich nach der Schule, als ich sie einfach stehen gelassen hab, und wegen all den anderen Patzern, die mir Lore gegenüber schon passiert sind, hab ich gewusst, es war eine gute Idee gewesen, herzukommen.

Weil.

Schon im Flur ist mir irgendwas aufgefallen, ich hab nur nicht gewusst, was es war. Also hab ich meine Schuhe ausgezogen, um das blitzsaubere Parkett nicht vollzusauen (es hat noch richtig neu und schnüffelig gerochen), und mich dabei unauffällig umgesehen. Hab die Jacken an der Garderobe gescannt, die Schuhe/Sandalen/Gummistiefel auf der Fußmatte, den großen Spiegel mit meinem Spiegelbild (na ja, den nur kurz). Ich hab mir die Baby-Born-Puppe angeschaut, die in einem rosa Strampelanzug in ihrem rosa Buggy gesessen, die Beine in die Luft gestreckt und an einem rosa Schnuller genuckelt hat (hässlich), und das Poster mit den *einheimischen Gartenvögeln,* das an der offenen Küchentür gehangen hat (schön).

Und als ich wirklich nicht mehr länger an meinen Schnürsenkeln rumfummeln konnte, hab ich meine Schuhe zu den anderen gestellt, mich wieder zu Lore umgedreht und die CD aus meiner Umhängetasche genommen. Es war mir ziemlich peinlich, sie zu überreichen, aber leider nötig.

»Fürlisawegengestern«, hab ich gemurmelt.

»Weilichso
scheißezu
ihrwarund
ihrangst
gemacht
habund
mir das
leidtut
und überhaupt
kannstdu
richtigtoll
malenund
ichwollte
nurmal ...«

»Was?«

Ich hab tief Luft geholt. »... bei dir vorbeikommen. Einfach so.«

Lore hat gelächelt. »Das finde ich toll.«

Sie hat mir die CD aus der Hand genommen, sie neben Baby Born in den Buggy gelegt und mich dann hinter sich her in ihr Zimmer gewinkt.

In das Zimmer OHNE Window-Color an den Fensterscheiben. Und ohne Windrädchen dahinter. Auch

> ohne halb entwurzelte Kakteen auf der Fensterbank und
> ohne angegessene Äpfel auf dem Schreibtisch,
> ohne zerknickte Arbeitsblätter auf dem Fußboden,
> ohne abgeschabtes Kuschelschaf auf dem Bett und
> ohne liegen gebliebene Stinkesocken UNTER dem Bett,
> ohne zerknüddelte Bonbonpapiere in den Regalfächern und
> ohne Staubflusen an den Kabelknäueln und
> ohne alles, was ICH bei MIR so habe und was auch nicht fehlen darf, weil ich mich sonst nicht zu Hause fühle.

Es war das ordentlichste Zimmer, das ich je gesehen hab. Und das traurigste dazu.

Okay, es war neu.

Aber da war noch was anderes.

Da hat was gefehlt.

Und später hab ich auch kapiert, was es war: Lore WOLLTE da nämlich gar nicht wohnen.

- Nicht in dem Zimmer, das richtig super und gemütlich und ohne den ganzen Kuschelschafkram außerdem fast *JUGENDLICH* wäre, wenn sie nur hier und da ein bisschen was Schönes hinstellen würde
- nicht in der Wohnung mit dem sauberen Parkett
- nicht in der Spielstraße mit den ganzen Familien
- und nicht mal in Hannover.

Sondern ganz einfach da, wo sie immer gewohnt hat.

Beziehungsweise: wie.

Bevor alles kaputtgegangen war.

Wir hatten gerade zwei Tiefkühlpizzen in den Ofen geschoben und uns mit einem Glas eiskaltem Orangensaft an den Küchentisch gesetzt, als ich die Frage gestellt hab.

»Wo sind denn eigentlich deine Eltern und Lisa?«

Der Propeller vom Umluftofen hat leise gesummt und das Backpapier hat ganz leicht geflattert.

»Mein Vater und Lisa sind in den Zoo gefahren, aber ich hatte nicht so Lust«, hat Lore gesagt. »Da wollte noch so jemand mitkommen.«

»Und deine Mutter?«

»Sie –«

Lore hat mit dem Finger ein Pünktchenmuster in das Kondenswasser auf dem Glas gemalt. Ich hab gesehen, wie ihre Hand dabei gezittert hat, und mein Herz hat schon angefangen zu rappeln, als ich noch gar nicht wusste, WIE schlimm es kommen würde.

»Sie –«

Ich meine, kann man sich was Schlimmeres vorstellen als eine Mutter, die weggegangen ist?

Außer eine tote, natürlich?

Wobei.

Wenn eine Mutter stirbt, weil sie zum Beispiel krank ist oder einen Unfall hat, dann passiert was, von dem alle finden, es ist grausam und abscheulich und dürfte eigentlich NICHT passieren. Sie selbst findet das natürlich am allermeisten (also die Sterbemutter), es sei denn, sie hat eine Depression und schluckt zum Beispiel eine ganze Packung Schlaftabletten, weil sie GLAUBT, sie möchte tot sein, und hilft ein bisschen nach.

Dabei will sie in Wirklichkeit nur das scheußliche Gefühl weghaben, das ihre Krankheit ist, und falls ihr rechtzeitig der Magen ausgepumpt wird und sie überlebt und eine Therapie macht und irgendwann wieder gesund wird, ist sie heilfroh, noch bei ihrer Familie zu sein.

Hat MaMi mir jedenfalls erklärt, als ich nach so einem Buch, das ich irgendwann gelesen hatte, mal ganz furchtbar weinen musste.

Aber wenn eine Mutter von ihrer Familie weggeht, dann WILL sie das aus irgendeinem Grund. Bestimmt geht sie nicht gerne, und bestimmt ist sie sogar ziemlich traurig dabei, aber es ist ihr immer noch lieber als dazubleiben. Und falls sie ein scheußliches Gefühl weghaben will, ist es ein anderes als bei der Schlaftablettenmutter. Dann hat das Gefühl irgendwas mit Jemanden-lieber-haben und Was-anderes-ist-wichtiger und Sich-für-was-Neues-entscheiden zu tun, und das ist für die, die dabei ausrangiert werden und wie die Deppen zurückbleiben und gucken müssen, wo sie zumindest noch ein kleines bisschen was abbekommen, natürlich ganz besonders schlimm.

Hab ich jedenfalls bis heute gedacht.

Ich wusste ja nicht, dass es NOCH schlimmer geht.

Vielleicht hätte ich Lore sonst gar nicht gefragt, wo ihre Mutter jetzt ist.

Denn sie hat NICHT wütend geguckt und gesagt: Bei ihrem neuen Freund und seinen kleinen, verwöhnten Hosenscheißergören.

Sie hat auch nicht gesagt: Bei diesem Arschgesicht müssen Lisa und ich sie jetzt jedes zweite Wochenende besuchen und auf dem Ausziehsofa im Wohnzimmer schlafen, weil das Kinderzimmer leider schon besetzt ist.

Sie hat bloß die Achseln gezuckt, ist aufgestanden, um nach der Pizza zu gucken, und hat in den Backofen hinein gemurmelt: »Wieder in Bayern, wo sie herkommt.«

Und da hab ich kapiert, dass Lores Mutter gegangen ist, NUR UM ZU GEHEN. Weil sie es nicht mehr ausgehalten hat. Ohne einen anderen und ohne was Besseres, sondern einfach bloß weg, weg, weg.

Lores Mutter wollte keine Mutter mehr sein.

Ihre Familie WAR ihr scheußliches Gefühl.

Und das ist das Schlimmste von allem.

Übrigens.

Später, zu Hause, hätte ich mich um ein Haar wieder mit MaMi und Matrix vertragen, weil ich auf einmal so froh war, dass ich meine Mütter habe. Ich hab die Haustür aufgeschlossen, »ICH LIEBE EUCH!« gerufen und bin die Treppen zu unserer Wohnung hochgestürmt.

Na ja.

Ich habe es zumindest leise getan.

Doch kaum hab ich im Flur gestanden, hörte ich, dass in MaMis Zimmer schon wieder diese geisteskranke Wagner-Musik dudelte, sodass man Angst kriegen musste, gleich fliegt ihre Tür auf und sie reitet mit wahnsinnigen Augen und wallenden Gewändern auf einem Schimmel durch die Lüfte. Mitten auf dem Fußboden hat ein Zettel von Matrix gelegen *(Bin im Keller und miste das Kann-man-vielleicht-noch-mal-gebrauchen-Zeugs der letzten hundert Jahre aus, Helferinnen werden keinesfalls abgewiesen!)* und ich konnte mich gerade noch beherrschen. Ich hab mir das Schälchen Zitronenmilchreis, das in der Küche für mich gestanden hat, in mein Zimmer mitgenommen und weiter auf Privatleben gemacht.

Man muss es ja auch nicht übertreiben mit seinen Müttern und Familie und dem ganzen Pipapo. Besonders, wenn sie jemanden verteidigen, der selbst mal zur Familie gehört hat und plötzlich *jemanden lieber hat* und *was anderes wichtiger findet.*

Das ist nämlich unmütterlich. Lieber warte ich, dass sich alles langsam und von selbst wieder zurechtruckelt. So.

Zurück zu Lore.

Erst hab ich gar nicht gewusst, was ich sagen sollte.

Wir haben auf unseren Pizzastücken rumgekaut, haben lange Käsefäden mit den Zähnen gezogen und runtergefallene Maiskörner aufgepickt. Manchmal haben wir einen Schluck angewärmten Orangensaft hinterhergekippt und damit alles runtergeschluckt. Und die ganze Zeit hab ich nachgedacht und nach tröstenden Worten gesucht.

Ich hab aber keine gefunden und schließlich hab ich aufgehört zu denken, bin aufgestanden und hab Lore einfach in die Arme genommen. Sie hätte sich fast verschluckt.

Danach war wieder alles wie vorher, nur dass ich jetzt wusste, was ich vorher schon bemerkt hatte, ohne zu wissen, was es war.

Wir sind zurück in Lores Zimmer gegangen und haben Rommé gespielt und dabei Popmusik gehört (die ich genetisch bedingt natürlich nicht kannte, aber Lore hat mir den Namen von dem Sänger gesagt [ich hab ihn allerdings wieder vergessen]).

Hinterher hab ich mich einfach an den Schreibtisch gesetzt und am Behälter mit den Notizzetteln bedient und sechzehn Origamivögel gefaltet, die Lore dann unheimlich schön mit Aquarellstiften angemalt hat. Und wir haben sie überall aufgestellt und dabei über unsere Lehrer geredet und über die Leute aus unserer Klasse. (Über die strunzdumme Sophie, den nervigen Tizian und über Cem, der eigentlich ganz nett ist. Nur nicht über Mia und Frederike, weil ich mir nicht sicher war, wohin das führen würde, und Lore vielleicht auch nicht.)

Am Ende hab ich ihr erzählt, dass ich am Freitag nach der Schule viel lieber noch ein Stück mit ihr gegangen wäre, statt zu Moritz zu fahren, aber dass *Mister S-piekman* ganz wild auf unser Referat für Pietschi sei und übereifrig und spinnerhaft und jetzt auch noch wolle, dass ICH einen Text für SEIN Lied schreibe.

»Dabei hab ich damit überhaupt gar nichts zu tun«, hab ich gesagt.

(Der Einfachheit halber, ohne näher darauf einzugehen, dass ich durchaus gewisse ... Berührungspunkte mit Metal habe oder vielmehr gehabt habe, aber aus verschiedenen Gründen [die sowohl mit meinen Merklisten als auch mit meinem heiratswütigen Vater zu tun haben] nicht mehr haben will, aber möglicherweise ja doch, weil das bei mir immer so hin- und hergeht zwischen Gewohnheitsliebe und dem, was ich verändern möchte, weshalb ich am Freitag in Moritz' Kabuff auch nur zu gerne zugesagt habe und jetzt in der Patsche sitze.)

»Keine Ahnung, was ich da schreiben soll.«

»Schreib doch einfach drauflos«, hat Lore nach kurzem Nachdenken erwidert. »Was dir gerade so einfällt. Dann HAST du was damit zu tun.«

Das fand ich einleuchtend.

Denn so viel hatte ich ja auch schon rausgefunden, dass ich zwar stundenlang über die komischsten Dinge schreiben kann, die mir passieren, über Wörter, die mir durch den Kopf gehen, und sogar über Fragezeichen, die mir auf der Stirn kleben, aber keine fünf Sätze über Rebellionen und Kriege und Weltuntergänge.

Ich glaube nur nicht, dass meine Gedanken irgendeinen Menschen interessieren. Und erst recht hab ich Zweifel, dass sie auch nur das Geringste als Liedtext taugen (nicht mal für Metal, bei dem man das eine oder andere Gebrüll einfügen kann [denn auch das muss gut sein]).

Ich meine, hallo?

Anouk Vogelsang?

***Das ist die***
***mit dem Unnormal-Gen,***
***erinnern Sie sich?***
***Und ein Unnormal-Gen***
***produziert nun mal***
***unnormale Gedanken.***

Davon wusste Lore allerdings zum Glück nichts und war der Meinung, es würde ganz bestimmt irgendwas Tolles dabei rauskommen.

Und als ich aufgebrochen bin, hab ich gesagt: »Naaa guuut, ich kann's ja mal versuchen.«

Und das mach ich auch.

Bald.

Hauptsache, ich krieg überhaupt irgendwas zustande, Moritz gibt Frieden und ich kann mich wieder um wichtigere Dinge kümmern.

*Hell yyyyyyyxysdg*

# Hell yeah!

Gerade sind Matrix und MaMi reingeplatzt (im Doppelpack!), um mich *höflichst* auf die Uhrzeit hinzuweisen (23:24 Uhr) und mich *postwendend* ins Bett zu schicken, weil morgen schließlich Schule sei und ich gerade mal dreizehn und weil sie dachten, ich würde seit mindestens anderthalb Stunden schlafen.

Sie haben kein Wort mehr über Philipp verloren.

Sie haben mich gefragt, ob der Milchreis geschmeckt und ob ich einen schönen Tag mit *Lore aus meiner Klasse* und meinen sonstigen *Privatitäten* gehabt habe.

Sie haben aufgepasst, dass ich auch ja noch meine Zähne putze, und mir dann sehr mütterlich *Gute Nacht* gesagt.

Okay, okay, geh ich halt ins Bett.

Gute Nacht, Matrix.

Gute Nacht, MaMi.

Ich liebe euch.

## Montag, der 27. August
### (Der Tag der Erleuchtung)

Neue Woche. Und womit hat sie angefangen? (Mal abgesehen davon, dass ich so sterbenshundemüde war, als bräuchte ich sofort wieder Wochenende, und dass Matrix beim Frühstück gemeint hat, in puncto Tag-Nacht-Rhythmus träte ich ganz eindeutig in die Fußstapfen meiner Mutter [genauer gesagt, in MaMis], und sie gebe mir noch maximal zwei Jahre, bis ich sie [also MaMi] mit meiner Morgenmuffeligkeit ausstechen würde.)

Hat die Woche also vielleicht damit angefangen, dass ich Lore auf dem Schulweg getroffen, mich lässig vom Rad geschwungen hab und wir das letzte Stück zusammen gegangen sind?

Und dass Lore gesagt hat: »Es war schön mit dir gestern«, und ich geantwortet hab: »Unheimlich schön!«, und sie: »Lisa hat sich SO über die CD gefreut«, und ich: »Das freut MICH jetzt aber«, und sie: »Danke noch mal«, und ich: »Da nich' für«, und sie: »Mein Vater hat gesagt, du kannst jederzeit wiederkommen«, und ich: »Ja, also, wenn du Lust hast«, und sie: »Na klar hab ich Lust«, und dass wir uns dann verabredet haben, vielleicht für nächsten Sonntag oder für Freitag nach der Schule oder sogar schon für morgen?

Na?

Die Antwort lautet: Nein.

Obwohl ich mich den ganzen Weg über nach Lore umgesehen habe und drei Extraschleifen um die Erlöserkirche gefahren bin.

Stattdessen hat M. Spiekmann mich aufgegabelt.

Ich hatte gerade mein Fahrrad abgestellt und kämpfte noch mit dem blöden Schloss, das leicht angerostet ist, sodass der Schlüssel manchmal hakt, als ich hinter mir seine Stimme hörte:

»Hallo, Madame Butterfly.«

Dabei, und das muss ich jetzt mal betonen, hatte ich ein GANZ normales T-Shirt an!

Okay, ein FAST normales. Es glänzt etwas stärker als andere T-Shirts, und auf der dunkelblauen Seide sind eine Million Glitzerpünktchen verstreut, denn es ist aus demselben Stoff genäht wie das Gewand der *Königin der Nacht* aus der vorletzten Spielzeit, aber der Schnitt ist TOTAL NORMAL. Vorderseite, Rückseite, halblange Ärmel. Ich war sehr froh gewesen, als ich es am Morgen ganz hinten in meiner Strumpfschublade wiederfand und darüber hinaus noch einigermaßen reinpasste.

Und nun das.

»Kannst du mich vielleicht auch mal anders nennen?«, hab ich gefaucht und so fest an meinem Fahrradschlüssel geruckelt, dass das Schloss plötzlich nachgab. »So wahnsinnig schmetterlingshaft bin ich nämlich nicht.«

Passiert mir halt manchmal.

Dass ich was raushaue, ohne vorher nachzudenken, meine

ich, und das klingt dann von der Stimme her und auch inhaltlich vielleicht nicht ganz so freundlich. Die meisten Leute (also zumindest meine Mütter) hören einfach darüber hinweg, und offen gesagt hab ich auch nicht damit gerechnet, dass Moritz darauf eingehen würde.

***Aber was passiert,
wenn Anouk Vogelsang
mit irgendwas nicht rechnet?
Denken Sie nach
und gewinnen Sie hundert Glitzerpunkte!***

»Alright, Queen of the Night«, hat er jedoch gesagt. »Weiß ich ja eh, dass du mehr der Typ ›Motte‹ bist.«

Und das war nun wirklich NICHT das, was ich hätte hören wollen, WENN ich was hätte hören wollen. Weder die Sache mit meinem (bei genauerer Betrachtung vermutlich doch vollkommen unnormalen) T-Shirt noch irgendwas, das mit Nachtfaltern zu tun hat.

Ich hab mich umgedreht, Moritz ins Gesicht geguckt und für eine lange Sekunde den Eindruck gehabt, dass da hinter seinem Grinsen (mit geschlossenen Lippen) wieder irgendwo ein Totenkopfschwärmer sein Unwesen treibt.

»Wieso kennst du alle Opern?«, hab ich misstrauisch gefragt, denn plötzlich kam es mir mehr als verdächtig vor, dass Moritz so merkwürdig allwissend war.

»Tja-ha-haaa.«

Er hat – *Wer weiß, wer weiß!* – mit der Hand in der Luft rumgeschraubt und dabei noch doller gegrinst als vorher (diesmal mit offenen Lippen), und obwohl ich den Falter nicht entdeckt hab, war ich mir ein für alle Mal sicher, dass er mit dem Teufel im Bunde war.

Seele gegen Macht und so weiter.

Ich wäre auch bestimmt schnell weggelaufen, hätte Pietschi gesucht und ihn um eine Änderung der Sitzordnung gebeten und um einen anderen Partner fürs Musikreferat und um ein anderes Thema und alles, wenn nicht …

… ja, wenn nicht.

WENN sie nicht keine zehn Schritte entfernt mit Mia und Frederike auf dem Vorplatz gestanden und zugehört hätte, worüber die beiden redeten (vermutlich über das Spiel oder Schminke oder Wiener-Klassik-Referate bei Google oder irgendwas anderes, worüber ich nie im Leben hätte mitreden können [zum Beispiel: über mich]), also Lore natürlich, mit der jetzt eigentlich ICH dort stehen und reden wollte, auf diese gute, freundinnenhafte Art.

Aber als sie gesehen hat, dass ich sie gesehen hab, hat sie nur kurz gewinkt und weiter zugehört (wobei auch immer) und selbst was gesagt (was auch immer), und das hat mir nach allem, was gestern zwischen uns gewesen war und was ich mir für heute gewünscht hatte, irgendwie die Sicherung rausgehauen.

Weil schon vor acht Uhr morgens alles komplett schiefgelaufen war.

»Komm!«, hab ich deshalb laut zu Moritz gesagt. »Ich muss was mit dir besprechen. Wegen deinem Lied.«

Dann hab ich ihn an der Schulter gepackt und wie ein Kalb vor mir her ins Schulgebäude geschubst.

An Lore vorbei.

Und an Mia und Frederike.

Himmeldonnerwetter noch mal!

In Deutsch mussten wir einen Text vom Indikativ in den Konjunktiv I umschreiben (ein Gespräch zwischen einem Großvater und seinem Enkel, darüber, wie es früher gewesen ist, als er ein Kind war [ziemlich langweilig]).

Und weil ich schon nach zehn Minuten fertig war, hab ich beschlossen, sofort und auf der Stelle einen Songtext zu schreiben. Und zwar einen, der davon erzählt, was mir als Allererstes in den Sinn kommt, ganz egal, was es auch ist. Denn genau so hatte ich es Moritz vor der Stunde angedroht.

»Ich kann keine Rebellion, ich kann keine Kriege, ich kann keinen Weltuntergang«, hatte ich gesagt. »Ich kann nur komische Gedanken. Also, falls du immer noch Interesse hast –«

»Jacke wie Hose«, hatte Moritz gemeint, und das sollte heißen: Er hatte Interesse.

Er hatte sogar GROSSES Interesse.

Es war mir fast ein bisschen ZU groß, gemessen an der Breite seines Grinsens, denn bei genauerer Betrachtung ging es ja um nichts anderes als ...

Nun ja. Ich hatte mir den Braten selbst eingebrockt.

Also hab ich die Kappe auf meinen Füller gesteckt, den Kopf in die Hände gestützt und die Augen geschlossen. Und da war es auch schon, das Was-es-auch-ist.

Nämlich ...

## Tadaaa!

Mein Unnormal-Gen.

Es war so leuchtend blau wie ein Tintenfleck und hat in einer besonders verwinkelten Kurve meiner ... also ... dieses Doppel-Dingensbumens mit dem Erbgut gesteckt, das sich in allen Farben hinter meinen Augen vorbeigeschlängelt hat.

»O nein«, hab ich geseufzt, die Augen geöffnet und wieder die Kappe vom Füller gezogen.

Moritz hat sich nichts anmerken lassen. Er hat mit konzentriertem Blick zwischen seinem Notizblock, meinem Heft und dem Deutschbuch hin- und hergeguckt und mit aller *gebotenen Sorgfalt* seine konjunktivischen Opa-Kind-Sätze aufgeschrieben.

Aber mir konnte er nichts vormachen.

Ein Moritz, der eine schwachsinnige Deutschaufgabe für Pietschi *geboten sorgfältig* abarbeitet und dabei auch noch so tut, als müsse ER bei MIR abschreiben, war definitiv mit anderen Dingen beschäftigt.

Zum Beispiel damit,

- mich aus den Augenwinkeln zu beobachten
- meine Gedanken zu lesen
- diese mit dem zu vergleichen, was direkt über meine Finger auf die Heftseite floss (die er aus rein schulischen Gründen [haha!] ohnehin dauernd beglotzt)
- und auf diese Weise jedes Wort zu kontrollieren.

Aber nicht mit mir.

Nicht so.

Nicht Moritz Spiekmann.

»Herr von Pie-hietsch?«, hab ich gesagt. »Ich hab ein bisschen Bauchweh, könnte ich vielleicht draußen auf dem Schulhof weitermachen?«

Denn Bauchweh ist ergiebig, da haken die Lehrer nicht so gern nach, egal,

ob es sich um Magen-Darm-Verstimmungen
handelt
oder Blähungen
oder um die Tage (vorausgesetzt, man hat sie
schon, worüber natürlich niemand so genau
Bescheid weiß [und auch nicht wissen will])
oder um einen Stressmagen aufgrund lästiger
Sitznachbarn, unbarmherziger Mitschüler und
kinderfeindlicher Lehrmethoden.

Und Pietschi fragt schon mal gar nicht, zumindest nicht bei mir, obwohl ihn meine Abwesenheit deutlich härter trifft als andere Fachlehrer.

Aber Pietschi hatte schon Vertrauen zu mir gefasst, nachdem ich zum ersten Mal in seinem Unterricht die Hand gehoben hatte, und er würde mir niemals unterstellen, dass ich ... Also, es gibt ja Leute, die nutzen so was aus.

»Um Himmels willen, du musst doch nicht ...«, hat er gesagt. »Wenn du Bauchschmerzen hast, melde dich im Sekretariat und lass dich abholen.«

Aber ich hab gesagt, neenee, so schlimm sei es nicht, ich würde das Problem schon kennen, ein bisschen frische Luft wäre völlig ausreichend und er solle sich bitte keine Sorgen machen.

Zwei Minuten später hab ich mit Heft und Stift auf einer Schulhofbank in der Sonne gesessen – und es ist was total Verrücktes passiert.

Ich hatte eine

Erleuchtung.

Zumindest so was in der Art.

Über mir haben sich die Wolken zu irrsinnigen Formen geballt, dick und fluffig und lichtdurchstrahlt, als wollten sie eine geheime Botschaft an mich senden, der Wind hat mir dabei weich über die Wangen gestreichelt, und es war irgendwie erhaben. Ein bisschen wie im *Hobbit*, wenn Bilbo Beutlin den Blick übers Auenland schweifen lässt und dann zur Feder greift, um von seinen Abenteuern mit den Zwergen, Orks und Elben zu erzählen.

Und ich, Anouk Vogelsang, war nun eine Songtexterin, vom Unterricht befreit, um mich meiner Kunst zu widmen, und ich hatte bedeutsame Dinge zu sagen (wenn sie auch – natürlich – unnormal waren und all meinen Plänen [Liste 1–∞] im Weg standen).

Die Pünktchen auf meinem T-Shirt haben in der Sonne geglitzert, die Strahlen, die durch die Wolken gefallen sind, haben sich warm um meinen Kopf gelegt, und als ich nach oben schielte, konnte ich sogar den SCHEIN um meine Haare erkennen, genau wie bei einer Elbin (nur dass meine Haare nicht lang genug sind).

Während ich geschrieben hab, war mir alles egal.

Egal, dass Moritz mich dauernd mit seinen teuflischen Kräften umgarnt, bis ich Sachen mache, die ich gar nicht machen will (obwohl ich sie vielleicht doch machen will, aber nur aus Gewohnheitsliebe, was bedeutet, dass ich sie erst recht nicht machen will).

Egal, dass Lore in der Schule lieber mit Mia und Frederike zusammensteht als mit mir, obwohl ich bestimmt eine tausendmal nettere Freundin bin als die zwei und Lore besuche, wenn sie traurig und mutterseelenallein zu Hause hockt, und ihr ganze Schwärme von Origamivögeln bastle und ihrer kleinen Schwester lehrreiche CDs vererbe.

Ja, es war mir sogar egal, dass ich zwei verrückte Mütter habe, die einfach nicht verstehen, dass mein eigener Vater mich verraten hat.

Denn plötzlich *war*
*alles*
*Wort.*

Die ganze Welt hat aus Wörtern bestanden, und die Wörter waren schön und ganz warm und sonnenbeschienen, sogar die hässlichen und kalten und düsteren. Ich glaub, das Gieselmännchen hätte an dieser Stelle angefangen, von Gott zu reden und seiner unergründlichen Barmherzigkeit.

Ich persönlich hätte es eher *Metal* genannt, denn in meinem Kopf war dabei die ganze Zeit der Klang von Moritz' E-Gitarre zu hören – aber vielleicht kommt das ja aufs Gleiche raus.

Beides ist irgendwie gleißend.

*Hell yeah!*

*Fragst du dich, ob die Klamotten*
*Dich heute aufs Neue blamieren*
*Und welche von deinen Marotten*
*Die anderen wohl imitieren?*

*Fragst du dich, weshalb du nie*
*Und von nix eine Ahnung verspürst*
*Und sogar mit viel Strategie*
*Oder List auch nicht groß daran rührst?*

*Fragst du dich, ob dir denn nimmer*
*Und nie was Normales gelingt*
*Und ob dir von je an und immer*
*Das Leben nur Komisches bringt?*

*[Shouting] Dann, oh yeah, dann hast du leider*
*Das Unnormal-Gen abgekriegt,*
*Mit dem kommst du nicht aus dem Schneider,*
*Es hat dich schon längst besiegt.*

*Fragst du dich, warum die Leute*
*So Wörter mit -isch zu dir sagen*
*Und sämtliche Mütter dich heute*
*Mal wieder frustrieren und plagen?*

*Fragst du dich, ob dich dein Vater*
*Verleugnet hat für 'ne Blondine,*
*Und was würde wohl ein Psychiater*
*Dir raten, du Psychoruine?*

*Fragst du dich, warum denn alles,*
*Was du auch tust, stets missrät,*
*Weswegen im Falle des Falles*
*Kein Mensch hinterher zu dir steht?*

*[Shouting] Dann, oh yeah, dann hast du leider*
*Das Unnormal-Gen abgekriegt,*
*Mit dem kommst du nicht aus dem Schneider,*
*Es hat dich schon längst besiegt.*

Dann standen sie auf dem Papier, also die Wörter, die Gitarrenklänge in meinem Kopf verstummten, und die Welt wurde wieder die Welt, eine schulhöfliche Welt mit ganz normalen Spätsommerwolken drüber, ich saß auf einer Bank und schräg hinter mir hat Moritz Spiekmann gehüstelt und sich interessiert über meine Schulter gebeugt.

»Geht's noch?!«, hab ich gerufen, mein Heft zugeschlagen und beide Hände daraufgelegt. »Was machst du denn auf einmal hier? Kannst du mich nicht mal fünf Minuten in Ruhe lassen?«

Moritz hat nicht mit der Wimper gezuckt.

»Fünfunddreißig Minuten«, hat er mich korrigiert und ist um die Bank herumspaziert. »*Herr von Pie-hietsch* hat mich geschickt. Ich soll fragen, ob's dir endlich besser geht.« Dann hat er ein Onkel-Doktor-Gesicht mit Runzelstirn und Nasenfalte gemacht und mir prüfend ins Gesicht geguckt. »Geht's dir endlich besser, Queen of the Night? O ja, ich seh schon, dir geht's ziemlich viel besser. Darf ich annehmen, dass du mit den Lyrics so weit bist?«

Das Muster auf meinem Maplepaper-Heft schimmerte zwischen meinen Fingern hindurch, Rot und Violett mit sehr viel Blau dazwischen, und mit einem Mal wurde mir klar, WAS sich unter dem Deckblatt befand, und dass nie, NIE, *NIEMALS* ein Mensch diese Zeilen lesen oder singen oder hören oder auf anderem Weg durch sein Hirn befördern durfte (außer mir selbst), wenn ich nicht für immer und ewig die unnormale Anouk Vogelsang bleiben wollte. Und Moritz hat mir fast ein bisschen leidgetan.

»Nee, 'tschuldigung«, hab ich bedauernd gesagt. »Ich krieg einfach nichts Brauchbares hin. Du musst dir wohl jemand anderen suchen.«

Was darauf folgte, war Schweigen.

»Moritz?«

Es war ein tiefes und dumpfes Schweigen.

»Bist du jetzt traurig?«

Es war das tiefste Schweigen, das je auf dem Schulhof geschwiegen wurde. Ich hab fast Bauchweh gekriegt davon.

Aber plötzlich hat Moritz gesagt: »Glaubst du allen Ernstes, ich frag DICH nach einem Text, wenn ich jemand ANDEREN dafür will, ja? Glaubst du, man könnte Leute einfach so austauschen?«

Und da hab ich gemacht, dass ich zurück in den Klassenraum kam. Auch wenn es schon beim Eintreten geklingelt hat und ich Pietschi nur noch mein Heft voller Opas, Enkel und Konjunktive in die Hand drücken konnte. Nicht ohne zuvor die unnormal-genetische Seite rauszureißen und sie gründlich in meinem Rucksack zu versenken, versteht sich. VOLLKOMMEN neben der Spur bin ich ja nun wirklich nicht und von Moritz Spiekmanns teuflischen Kräften wollte ich auch nichts mehr wissen.

Mit Lore hab ich übrigens wohl noch gesprochen. Ich bin mit ihr herumgelaufen und hab es schön mit ihr gehabt, und das muss ich jetzt auch noch schnell aufschreiben, obwohl ich schon wieder den ganzen Nachmittag in meinem Zimmer hocke und MaMi mich gerade gefragt hat, ob es eine *ernsthafte Krise* sei, die mich in *so beängstigendem Ausmaß* in virtuelle Spielwelten treibe, und ob sie sich ihrerseits vielleicht zu viel in ihrem Arbeitszimmer verschanze, statt sich mir *aufmerksam zu widmen,* und ob auch Matrix zu wenig zu Hause sei und zu beschäftigt mit ihren eigenen Dingen oder zu sehr auf sie (also MaMi) bezogen, und was *genau* mir fehle, dass ich so überempfindlich auf *kleinste Veränderungen* im weiteren Familienkreis reagiere, ob ich das Bedürfnis nach mehr *männlichen Impulsen* hätte (womit keineswegs etwas gemeint sei, das mit dem männlichen Geschlecht *an sich* zu tun habe, sondern mit den sogenannten *aktiven Verhaltensanteilen* [wie Sport, Wettkampf, Kräftemessen und dergleichen], die aber selbstverständlich auch in weiblichen Personen angelegt seien), und ich dürfe mir jetzt einfach mal außer der Reihe was wünschen, das in diese Richtung gehe. Mitten am Tag, von Frau zu Frau und auf die Arbeit geschissen.

Um sie zu beruhigen, hab ich gesagt, ich würde gerne mal wieder Minigolf spielen, und zwar volle Lotte auf Wettkampf, und das werden wir auch gleich machen. Im Georgengarten.

Aber diese eine Sache muss ich vorher noch aufschreiben. Also die mit Lore.

Sie (L.) ist nämlich zu Beginn der großen Pause zu mir gekommen und hat gefragt, ob es meinem Bauch wieder gut gehe, und falls ja (was natürlich zugetroffen hat), ob wir zusammen zum Eiswagen gehen wollten.

Damit hatte ich überhaupt nicht gerechnet, und vor lauter Glück hab ich ganz vergessen, dass ich überhaupt kein Geld dabeihatte, nicht mal meinen Not-Euro, den ich schon kurz nach Monatsmitte für eine Bibliotheksnachzahlung ausgegeben hatte.

Es ist mir erst wieder eingefallen, als ich schon die (nicht pappige, sondern mit Geschmack versehene, aber eigentlich erst ab zwei Kugeln vergebene WAHRE) Waffel mit der Kugel Knusperkeks in der Hand gehalten hab und der Eismann verständlicherweise wollte, dass ich bezahlte.

Sehr peinlich.

Meine Taschen waren leerer als leer, so oft ich auch nachgefühlt hab, und ich wollte ihm gerade mein Eis zurückgeben, damit er es selbst isst und selbst bezahlt und nicht mehr so ein grimmiges Gesicht macht, aber da hat Lore gesagt, sie habe mich sowieso einladen wollen, wegen letztem Sonntag und allem, und hat ihr Portemonnaie gezückt.

Sie selbst hat Amarena genommen (auch in der WAHREN Waffel), und wir haben mit unseren Kugeln angestoßen, wobei eine von ihren Kirschen an meinem Knusperkeks kleben geblieben ist, und das hab ich sooo schön gefunden, irgendwie.

Ich hab sehr vorsichtig mit der Zungenspitze um die Kirsche herum geleckt, und Lore hat gelacht und gesagt, ich dürfe sie aber ruhig essen, sonst würde sie nachher noch aus dem nicht mehr vorhandenen Eis rausfallen und im Dreck landen, und da hab ich sie in den Mund genommen und fest draufgebissen.

Sie hat sehr süß geschmeckt und sehr lecker.

Und mit einem Mal ist mir klar geworden, dass nun doch noch eingetroffen war, was ich mir für diesen Tag freundschaftsmäßig so sehr gewünscht hatte (und ohne dass ich irgendwas dafür getan hatte).

»Übrigens, ich hab was geschrieben«, hab ich darum gesagt und Lore ein verschwörerisches Du-weißt-schon-Zeichen gegeben, und der Schmetterling hat sich von ihren Haaren erhoben und ein paar Flügelschläge in meine Richtung gemacht. »Aber ich will's Moritz nicht zeigen, darum ... Also, ich hab's gemacht.«

Mehr musste ich gar nicht sagen.

Lore hat auch so begriffen, dass mein Text viel zu privat war, um ihn in die Welt zu shouten.

Und sie hat auch nicht gefragt, ob zumindest SIE ihn vielleicht mal lesen dürfe, und das war ebenfalls eine Art Freundschaftsbeweis.

Es war auch gar nicht so schlimm, dass wir auf dem Rückweg direkt zu Mia und Frederike gestoßen und bei ihnen im Foyer stehen geblieben sind, denn an dem Eis konnte man ja genau erkennen, dass Lore und ich gerade zusammen unterwegs gewesen waren, und das hat mich richtig ein bisschen stolz gemacht vor den beiden.

Mia und Frederike waren tatsächlich auch echt nett zu mir und haben keinmal nach dem Spiel oder anderen heiklen Dingen gefragt, bei denen es hinterher wieder geheißen hätte: »Anouk ...!«

Stattdessen hat Frederike sich erkundigt, ob ich in Deutsch wirklich was gehabt hätte oder ob ich nur eine Freistunde haben wollte, und als ich geantwortet hab: »Ich hatte einen Moritz-Spiekmann-Krampf«, hat sie laut aufgelacht und dabei ihre germanischen Haare peitschend in den Nacken geworfen.

»Der geht mir manchmal so was von auf die Nerven«, hab ich hinzugefügt.

»Das kann ich mir vorstellen«, hat Mia gesagt. »Neben dem Irren würde ich es keinen Tag aushalten. Kein Wunder, dass der sich dauernd neue Schulen suchen muss. Wetten, bei uns fliegt der auch?«

Nur Lore hat an ihrer Waffel geknabbert und gar nichts gesagt, sondern zwischen mir und irgendwas anderem (wie ich richtig vermutet hab: Menschlichem) hin- und hergeguckt, und als ich ihrem Blick gefolgt bin, hab ich gerade noch gesehen, wie der Mensch (M.) mit seinem Pausenwurstbrot klettverschlusselig und rutschsockig die Tür zum Klassentrakt hinter sich hat zufallen lassen und, leise Selbstgespräche führend, auf den Schulhof abgebogen ist.

Und irgendwie ...

... keine Ahnung, welche Teufelskräfte schon wieder im Spiel waren, um mich zu verirren und verwirren. Jedenfalls musste ich plötzlich daran denken, dass Moritz zu seinen Liedern nun wieder seine mitleiderregenden »Mi-mi-miiis« singen musste und nur *Ziltoid the Omniscient* ihm an seinem Saugnapf baumelnd dabei zuhören würde (oder vielleicht noch Moritz' winzige, heckenrosentätowierte Schaukelstuhl-Oma, falls ihre Ohren durch den Wohnzimmerboden überhaupt noch was hören).

Ich hab an angekaute Gummi-Batmen gedacht und ausgeblichene Schokoladenkunstwerke und penetrante Waschmitteldüfte und an Totenkopfgirlanden und Likörgläschen und Gitarrenklänge und mein Herz hat ganz ergriffen im Takt dazu geschlagen.

BummBUMM.

BummBUMM.

BummBUMM.

»Manchmal ist er aber auch echt nett«, hab ich gesagt, »und Ahnung von Musik hat er auch!«

Und da hat Lore mit ihren hellen Augen direkt in meine eigenen geguckt, als würde sie darin was sehen, das ich selber nicht sehen kann (logischerweise), und das hat mich noch viel mehr verirrt und verwirrt, sodass ich leider ganz vergessen hab, mich mit ihr zu verabreden.

Zu Mia und Frederike wusste ich natürlich nichts Lustiges mehr zu sagen, und für das Eis bedankt hab ich mich auch nicht, ich Volldepp.

Stattdessen hab ich Moritz nach der Pause gefragt, ob wir uns nicht sicherheitshalber noch mal wegen unseres Referats treffen sollten, für den Feincheck und so weiter.

Worauf er gemeint hat, *HmmmJOAH,* das könnten wir *von*

*ihm aus* ruhig machen, nur heute habe er erst mal Gitarrenunterricht bei Philipp (da ist mir die Lust schon fast wieder vergangen), morgen wolle Philipp ihn nach der Schule mit ins Tonstudio nehmen, er hätte mir ja *bestimmt* schon alles über das *Gryphos*-Album erzählt, das demnächst erscheinen werde (da war die Lust völlig weg), und übermorgen wolle Philipp mit ihm noch mal seine eigenen Stücke durchgehen (da hatte ich niemals Lust gehabt), aber überübermorgen oder überüberübermorgen oder vielleicht überüberüberübermorgen –

## Aaargh!

MaMi hat gesagt, wenn ich jetzt nicht endlich käme, würde sie sich wieder an die Arbeit setzen und mir ein Cape aus diesem wundervoll goldenen *Brünnhilde*-Stoff nähen, und dann wolle sie keine undankbaren Klagen hören und kein Gemotze von wegen »Bei mir in der Schule!«, und wer mir *männliche Impulse* liefere, sei dann auch nicht mehr ihr Problem, da könne ich mich an Matrix wenden oder an Philipp, wenn ich endlich mal ausschnappen und mich dazu aufraffen könne, ihn zurückzurufen, oder an den Weihnachtsmann oder an wen auch immer.

Okay, okay, MaMi, ich komme ja schon. Ich glaub, ich brauche jetzt wirklich mal ein paar *aktive Verhaltensanteile* und muss Minigolfschläger durch die Luft schleudern und Bälle in Löcher versenken und unbedingt bei irgendwas gewinnen, sonst –

Ach, ich weiß auch nicht.

Unentschieden.

*Hell no!*

## Dienstag, der 28. August
### (Der Tag, an dem mir ein Wort gefehlt hat)

Die Sache mit dem Wort und den Erinnerungen ging los, als ich Philipp vor der Schule gesehen hab. Weil nämlich: Heute HAB ich Philipp vor der Schule gesehen. Mittags, auf dem Parkstreifen, zwischen den ganzen Abhol-Eltern.

Aber natürlich war er nicht als Vater da (wär ja auch total peinlich [zumindest für ihn!]), sondern als Leadgitarrist von *Gryphos,* der kurz vor dem *Official Release* seines *First Album* seinen begeisterten Schüler Moritz ins Tonstudio mitnehmen wollte.

Und wie er da war:

**Tadaaaaa!!**

Mit runtergekurbelten Scheiben saß er in seinem Bulli (in dem braunen, schrottigen, in dem ich früher manchmal mitgefahren bin), hörte laut Musik (*Bleeding* von *Psychotic Waltz,* ausgerechnet!) und rauchte aus dem Fenster, und wär ich allein gewesen, wär ich vermutlich aus lauter Gewohnheitsliebe zu ihm gerannt, hätte »Hallo, Philipp!« gerufen und alles wäre wieder –

Nichts wäre wieder wie immer. Schließlich hatte ich Philipp ausrichten lassen, er könne mich mal.

Und ich war übrigens auch nicht allein.

In Reli hatte ich mich nett mit Lore unterhalten, und sie hatte mich gefragt, ob ich Lust hätte, sie nach der Schule zur Kita zu begleiten, denn Lisa würde dauernd von mir reden und englische Lieder singen *(A B C, one two three. – How are you? – Fine, thank you!)* und fände es bestimmt unheimlich toll, wenn wir sie zusammen abholen kämen.

Ich hab nach vorne zum Gieselmännchen geguckt, die in dieser Stunde über die wunderbar selbstlose *Nächstenliebe* gesprochen hat, wenn sie mich nicht gerade ermahnt hat, mit der ständigen Quatscherei aufzuhören.

Ich hab gemerkt, WIE VIEL wunderbar selbstlose Nächstenliebe in mir steckt (zumindest zu meiner allernächsten Sitznachbarin Lore), und dazu ist in mir auch noch jede Menge *Barmherzigkeit* aufgewallt (nämlich gegenüber ihrer fremdsprachenkompetenten Kleinschwester), und ich hab gar nicht daran gedacht, dass es an diesem Mittag ja noch kompliziert werden könnte.

Es fiel mir erst in Musik wieder ein, und zwar während Pietschi versucht hat, uns anhand beispielhafter Vorführungen am Klavier

- die *Intervalle* näherzubringen (obwohl wir die eigentlich schon *in- und auswendig kennen müssten*)
- damit unser musikalisches Gehör zu schärfen
- was wiederum unsere Liebe zur Musik ins Grenzenlose steigern sollte.

Beziehungsweise: Es ist mir NICHT eingefallen. Nicht von selbst jedenfalls.

Moritz, dessen Liebe zur Musik bereits grenzenlos WAR, hatte mich vielmehr vollgequatscht und dabei an das Komplizierte ERINNERT.

»Das wird so cool heute im Studio«, hat er in einen sehr schrägen Klavierklang hinein gesagt. »Mixdown und, wenn alles glattläuft, sogar noch das Mastering. Und weißt du, was ich mir überlegt hab?« (Erwartungsvolle Pause mit schaurigem Klavierhall.) »Wir fragen Philipp nachher einfach, ob du auch mitkommen kannst, und wenn später noch Zeit ist, können wir meinetwegen noch mal unser Referat durchgehen.«

ER.

Wollte Philipp fragen.

Ob ICH.

Mitkommen konnte.

Kein Witz!

»Als ob ich Bock hätte, mir diesen Scheiß anzuhören!«, hab ich gezischt, sodass Pietschi irritiert von seinem Klavierhocker hochgefahren ist. »Und das Referat geht auch ohne, keine Sorge.«

Aber Moritz hat nur einen besonders großen Totenkopfschwärmer in meine Richtung gelächelt. »Das wird so cool«, hat er wiederholt und sich gemeldet, um das Rätsel des Gruselintervalls zu lösen.

(Tritonus, der *Diabolus in Musica.*)

Da war mir auf einmal ganz elend zumute, durch meinen Kopf wehten böse Vorahnungen, und als ich später mit Lore das Schulgebäude verließ und nur ein paar Meter entfernt stand der Bulli und spielte *Psychotic Waltz,* hab ich gemerkt, mir ist das alles zu viel.

Wenn jetzt auch noch Philipp was von mir will, weiß ich nicht, was passiert.

Und während ich mit gezücktem Schlüssel zu den Fahrradständern getappt bin, hab ich versucht, den *Thommy Ten* zu machen und mit einem mentalen Trick Philipps Aufmerksamkeit von mir abzuwenden. (Dabei sollte der Schlüssel die auf mich gerichteten Gedanken in die Erde ableiten.)

Es hat aber nicht geklappt.

Keine fünf Sekunden später hat Philipp mich entdeckt, sich aus dem Autofenster gehängt und durch einen wahnsinnigen Basslauf »Hey, Anouk!« gerufen.

(*Anouk,* ohne Lieblings-.)

»Kennst du den?«, hat Lore mich erstaunt gefragt.

Ein paar Schritte entfernt sind Mia und Frederike stehen geblieben und haben sich nach mir umgedreht.

»Nein, ja, das ist mein –«

Weiter bin ich nicht gekommen, denn mit einem Mal hatte ich dieses Wortproblem. Möglicherweise hat der Schlüssel die gegenteilige Wirkung entfaltet und MEINE auf PHILIPP gerichteten Gedanken in den Boden abgeleitet, jedenfalls war die Philipp-Seite in meinem Kopf eine leere Datei, weiß und ohne jeden Buchstaben drin, und ich hab beim besten Willen nicht sagen können, was für ein »mein –« er nun eigentlich ist.

»Dein WAS?«, hat Lore nachgehakt.

»Das ist –«

Ich bin hinter meinem Rad in die Hocke gegangen und hab den Schlüssel ins rostige Schloss gerammt.

– *mein Samenspender,* hat da jemand gesagt.

Zumindest hat mein komischer Kopf das geglaubt und die Datei darin rotierte im Leerlauf. Doch eine Millisekunde später (als schon die ersten Erinnerungswellen hineingeschwappt sind) haben meine Ohren ihn verbessert:

»– mein Gitarrenlehrer.«

Ich hatte gar nicht bemerkt, dass auch Moritz schon ganz in der Nähe war, aber logisch, die Schule war aus, und er hatte es eilig, ins Studio zu kommen.

»Klar, Queen of the Night kennt ihn auch«, hat er gesagt, »er ist ein guter Freund von ihren –«

Da ist die Autotür aufgeschwungen, Philipp ist ausgestiegen und mit seinen langen, schlenkerigen Schritten auf mich zugekommen.

»Anouk Vogelsang!«

Durch die Speichen von meinem Reifen hat er dabei haargenau so ausgesehen wie der P.v.K. (Philipp vor Kathrin), und ich hab wild am Schlüssel geruckelt, was leider nicht viel bewirkt hat.

Schon stand der P.n.K. vor mir.

»Dammit, du kannst einen wirklich kirre machen«, hat er gestöhnt, und Moritz hat gefragt: »Kann sie mit ins Studio kommen?«, und Lore hat »Oooh!« gesagt, und Mia und Frederike haben »Looore?« gerufen, und da endlich ist mein Fahrradschloss aufgegangen und ich einfach nur noch rauf aufs Rad und volles Rohr in die Pedale getreten.

Mitten auf dem Bürgersteig.

Schmidt hab ich erst gesehen, als ich schon fast in ihn reingerasselt wäre. In letzter Sekunde ist er zur Seite gesprungen und hat wütend hinter mir hergebrüllt.

Ich hab nicht genau verstanden, was (obwohl es auf Deutsch war), doch es könnte

*Nehmen Sie sich in Acht vor Anouk Vogelsang,*
*die eines schönen Tages noch*
*die Welt unter sich begraben wird!*

gelautet haben. Oder:

*Nimm dich in Acht, Anouk Vogelsang,*
*sonst werde ich dich eines schönen Tages*
*noch unter der Welt begraben!*

Ist aber auch nicht so wichtig, das jetzt auseinanderzuklamüsern. Ich hab echt andere Sorgen als Schmidts Drohungen. Nämlich welche, die mit Philipp-Wörtern zu tun haben und mit Erinnerungen und allem, was dazugehört. Denn der Schlüssel hat das Schloss umgedreht, die Gedanken sind in meinen Kopf zurückgeschwappt, und die Datei darin füllt sich mit jedem Buchstaben, den ich in meine Memoiren tippe …

und tippe …

und tippe.

Okay. Hier kommt eine Erinnerung. Es ist keine besondere, nur eine, die schon fast normal ist, wenn man ein Unnormal-Gen hat und ein komisches Leben führt, aber sie reicht trotzdem, um mir den Schalter umzulegen: *Klack!*

Ergriffenheit, Liebes- und Tränenfluten.

Es war noch in der Kita, ich glaube, in dem Frühling, bevor ich in die Schule gekommen bin. Wir waren draußen im Garten, die anderen Vorschulkinder und ich, sind ins Kletternetz gestiegen, und – keine Ahnung, wie es gekommen ist, plötzlich, als ich da oben gehangen hab wie eine Fliege in der Spinnwebe, haben alle behauptet, Mutter-Mutter-Kind, das ginge nicht, ich würde lügen.

»Man hat immer nur eine Mutter.«

»'ne andere gildet nicht.«

»Nur die, wo man im Bauch war.«

»Und einen Vater, der einen da reingemacht hat.«

»Mit seinem Penis.«

Kicher, kicher, kicher.

Als Matrix mir mittags die Tür aufgemacht hat (ich weiß noch genau, dass MaMi die ganze Woche in der Oper zu tun hatte, aber Matrix hatte sich freigenommen und war gerade dabei, sämtliche Pflanzen aus unserem Dschungel umzutopfen und ihnen liebevolle Gedeih-Sprüche einzuflüstern [wofür eine Woche so gerade eben reicht]), war ich in Tränen aufgelöst.

»Wer hat mich in deinen Bauch gemacht?«, hab ich geschluchzt. »Ist das Philipp gewesen?«

Matrix hat auf mich runtergeguckt und mir den Kitarucksack vom Rücken genommen, und als sie schließlich geantwortet hat, nein, das habe MaMi getan, hab ich noch doller geheult und gesagt:

»Du lügst ja, Mutter-Mutter-Kind, das geht gar nicht, weil MaMi hat keinen Penis.«

»Doch, das geht.«

Mit erdigen Händen hat Matrix mich durch

Blumentöpfe aller Größen
und Gießkannen aller Farben
und Säcke voll Mutterboden
und Tütchen mit Atmungsflocken
und Eimer voll Pflanzgranulaten
und Weiß-der-Gärtner-was-noch-alles

in die Küche gelotst, hat mich zwischen einige Dutzend Orchideen auf die Arbeitsplatte gesetzt, und dann ...

Ja, dann hat sie mir von Philipps kleinen, wuseligen Samenzellen erzählt, die er in einen Becher getan habe, und von einer besonderen Spritze ohne Piks, mit der MaMi ihr (also Matrix) genau diese Samenzellen in die Scheide befördert habe (so ähnlich, wie wenn man Badewasser durch die Gegend spritzt), was sehr lustig gewesen sei und sehr schön und kuschelig, und Familie sei da, wo Menschen sich lieb hätten, und nicht da, wo sie eben »immer« sei. Und ich solle mir von nix und niemandem was anderes einreden lassen.

»Hat MaMi mich denn trotzdem lieb?«, hab ich gefragt. »Auch wenn sie nicht richtig gildet?«

»Natürlich hat MaMi dich lieb. Und sie gilt, das kannst du mir glauben!«

Ich hab meinen Rotz an Matrix' Ärmel abgewischt, und plötzlich ist dieser leicht stinkige Orchideenduft in meine Nase gestiegen, von dem man fast so glücklich wird wie von Zitronenmilchreis.

»Genauso lieb wie jemand, der einen Penis hat?«

»Und ob«, hat Matrix gesagt. »Ich möchte sogar bezweifeln,

dass irgendein Mensch, nur weil er einen Penis hat, ein Kind dermaßen … also, sagen wir mal: Sie hat dich noch *lieber* als genauso lieb. Und Mutter-Mutter-Kind geht hervorragend.«

Damals, mit fünf, sechs Jahren, hab ich keine Sekunde darüber nachgedacht, was Matrix *bezweifeln mochte,* sondern nur über MaMi und die Sache, dass sie meine Mutter ist, obwohl ich nicht in ihrem Bauch war und auch sonst nirgendwo in ihrem Körper, und dass all das überhaupt keine Rolle spielt, wenn nur das Liebhaben stimmt. Und ich war sehr froh und erleichtert.

Aber JETZT, mit dreizehn, denke ich darüber nach, und JETZT weiß ich, was auch UMGEKEHRT damit gemeint ist, und es tut so weh, das hinzuschreiben.

Ich weiß, dass Philipp niemals mein Vater war. Also, nicht wirklich, nicht richtig und vielleicht nicht mal »so was in der Art«. Philipp ist einer, der zwei befreundeten Lesben einfach nur ein bisschen was von seiner *fruchtbringenden Männlichkeit* geschenkt hat, um ihnen ein Kind zu verschaffen. Nicht mehr und nicht weniger.

So, jetzt steht es da.

Eigentlich hab ich es ja immer gewusst (so rein technisch), aber heute Mittag hab ich kapiert, dass ich es mir trotzdem anders gewünscht hab, weil ein VATER natürlich sehr viel mehr ist als ein SAMENSPENDER (graue Augen hin oder her).

Ein Samenspender findet einen vielleicht nett und lustig, weil man so aussieht wie er selbst oder weil man auf Metal steht (vorausgesetzt, man steht auf Metal), und er guckt einem beim Laufenlernen zu und kommt mit zur Einschulung und fährt auch mal mit in den Urlaub und nimmt einen mit zu seinen Konzerten und feiert Weihnachten mit einem und nennt einen *Lieblings-Anouk,* solange er dazu Lust hat. Aber es ist sein weltbestes Recht, irgendwann auf was anderes Lust zu bekommen.

Zum Beispiel auf K., K., K. (siehe Liste 2 [Punkt 7]).

Weil man schließlich nicht SEIN Kind ist, sondern das von den beiden Lesben, und die sollten für das Kind auch reichen. Man kann ja schließlich nicht alles haben im Leben.

Oje.

Ich glaub, ich will lieber nichts mehr aufschreiben.

Wenn Schreiben nämlich bedeutet, dass man etwas versteht, obwohl man es nicht versteht, weil man den Dingen Wörter gibt, UM sie zu verstehen, und wenn Verstehen bedeutet, dass alles immer noch mehr wehtut als vorher, dann kann ich auch gut darauf verzichten. Dann vergesse ich die Dinge lieber wieder oder grusle mich ein bisschen vor ihnen, das ist halb so wild.

Ab sofort schreibe ich höchstens noch auf:

1. was es zum Mittagessen gegeben hat
2. was in der Schule dran war und
3. wie das Wetter gewesen ist.

Und wenn das Spiel irgendwann endlich mal läuft und ich mir meine Leute aus dem Familienkoffer geholt hab, ist auch damit Schluss.

Aus. Ende.

War sowieso nicht geplant, diese ganze Schreiberei. Ich hab wirklich Wichtigeres zu tun (siehe Liste 1 [und anderes]).

Jawohl.

## Mittwoch, der 29. August
(Der Tag, an dem es Flammkuchen gegeben hat)

1. Heute hat es Flammkuchen mit frischem Rosmarin vom Balkon gegeben. Ach, MaMi, ach, Matrix!
2. In Englisch haben wir einen unangekündigten Grammatiktest geschrieben. (Schmidts Rache?) Ich hab mich für nachmittags verabredet. (Aber das gehört hier nicht rein.)
3. Das Wetter war so mittel. Ein bisschen kühler als in letzter Zeit, und es hat geregnet, aber als ich gegen drei aufgebrochen bin (wohin, gehört hier nicht rein), ist die Sonne rausgekommen, die Vögel haben wie verrückt gesungen, auf allen Blättern haben winzige Tropfen gefunkelt, in einem Vorgarten (in welchem, gehört hier nicht rein) hab ich kleine, hübsche Giftpilze entdeckt, und es hat fast schon ein bisschen nach Herbst gerochen.

## Donnerstag, der 30. August
(Der Tag, an dem es Süßkartoffelauflauf gegeben hat)

1. Es hat Süßkartoffelauflauf gegeben, mit Zwiebeln, Paprika, geraspelten Möhren und Zucchini, Mais, frischem Thymian vom Balkon und viel Mozzarella. Leider konnte ich nichts davon essen. (Ich mag einfach keine Süßkartoffeln.) Dafür hat Matrix spätnachmittags einen Zwetschgenkuchen gebacken.
2. In der Schule haben wir in fast allen Fächern Hausaufgaben aufbekommen, sogar in Physik: ein Stundenprotokoll. Worüber, weiß ich allerdings nicht, weil ich die meiste Zeit unterm Tisch gelesen hab (*Alice hinter den Spiegeln* [Schulbücherei]). Nur das Gieselmännchen war so barmherzig, uns nichts aufzugeben.
3. Es hat geregnet.

PS: Es war Lores Vorgarten, gestern. Was ich bei ihr gemacht hab, gehört aber nicht hier rein. Oder worüber wir uns unterhalten haben.

PPS: Wir haben eh nur mit Lisa gespielt (Baby Born), mit ihr gebastelt und gemalt.

Ich glaub, das hat sie noch besser gefunden, als von der Kita abgeholt zu werden.

Sie hat mir dafür viele Lieder vom *Little Water-Sprite* vorgesungen.

(Die meisten hab ich verstanden.)

PPPS: Zum Unterhalten sind wir darüber gar nicht groß gekommen.

Also, Lore und ich.

Sie hat mich auch nichts mehr über Philipp gefragt oder warum ich neulich nach der Schule so schnell abgehauen bin, sondern meinte nur, im ersten Moment hätte sie gedacht, er sei mein Vater, der irgendwie sauer auf mich wäre (oder ich auf ihn), aber später sei ihr klar geworden, dass das nicht stimmen könnte.

»Nee«, hab ich gesagt, »das war nicht mein Vater«, und Lore hat mich angeguckt, und ich hab zurückgeguckt, und sie hat noch ein bisschen weitergeguckt und dann haben wir gelacht.

(Das war noch besser als unterhalten. Lachen, das macht man ja nicht immer.)

PPPPS: IHR Vater (genauer gesagt, Daniel) hatte übrigens Besuch von einer Freundin. EINER Freundin, wie Lore betont hat.

## Freitag, der 31. August
(Der Tag, an dem es Blätterteigtaschen gegeben hat)

1. Es hat Blätterteigtaschen mit Spinat und Feta gegeben. (Relativ lecker.)
2. In der Schule war nicht viel los, außer dass Pietschi Moritz und mich an unser Referat erinnert hat (nächste Musikstunde).
3. Es hat kaum noch geregnet, ist aber richtig kühl.

PS: In der Schule war doch noch was los. Was, gehört hier aber nicht rein.

PPS: Es hatte mit meinen Klamotten zu tun (genauer gesagt, mit meiner bunten Filzjacke) und einer Opernfigur namens *Papagena*.
(Das ist die, die zu *Papageno* gehört. [Falls es jemanden interessiert.])

PPPS: Mit Moritz hatte es auch zu tun. Er nennt mich jetzt nicht mehr *Queen of the Night,* sondern *Vogelfrau.* Es stört mich aber nicht besonders (nur vor den anderen), denn meine Filzjacke mag ich und Vögel auch.

Mir ist übrigens aufgefallen, dass mich fast alles an Moritz eigentlich nur vor den anderen stört.

(Dann aber sehr.)

Ich fürchte –

PPPPS: Nein, das gehört hier wirklich nicht rein. Höchstens noch, dass ich ihm verklickert hab, er solle mich in der Schule öfter in Ruhe lassen, ich hätte dort schließlich noch andere Leute.

Und mit seinem *Gitarrenlehrer* solle er mir nie wieder kommen, mit dem hätte ich nämlich nichts mehr zu tun, und er solle bitte auch nicht überall rumposaunen, was er alles über mich wisse, über meine Familie und über die Opern, an die meine Sachen ihn vielleicht erinnern, und ich käme ihn gerne mal wieder besuchen, und dann dürfe er auch *Vogelfrau* sagen.

Howgh.

PPPPPS: Wir treffen uns am Sonntag jedenfalls wegen Musik. Zum Referatsfeincheck.

PPPPPPS: Er trägt jetzt übrigens keine Sandalen mehr, sondern Klettverschlussstiefel.

Nun ja.

## Samstag, der 1. September
(Der Tag der Tage)

1. Reste.
2. Wochenende.
3. Wieder Regen.

PS: *Hell yeah!*

Hilft nix, das muss ich jetzt unbedingt aufschreiben. Weil, was heute passiert ist, schreibt sich wahrscheinlich JEDES Mädchen auf, nicht nur ein unnormales. (Oder? ODER??? Herausfinden [→ Liste 4]!)

Es ist jedenfalls nichts Unnormales, was mir passiert ist, sondern eher was STINKNORMALES, aber für mich war es trotzdem SOOO –

***Verzeihen Sie Anouk Vogelsang,<br>die aufgrund der fatalen Wirkung ihres Gens<br>manchmal nicht mehr normal und unnormal<br>unterscheiden kann!***

Jedenfalls.

Ich bin frühmorgens aufgewacht, weil ich pinkeln musste. (Das war nun wirklich noch normal.) Also bin ich aufs Klo gegangen. (Das auch.) Ich hab noch halb geschlafen, darum ist mir zuerst auch noch alles ganz normal VORGEKOMMEN, und um ein Haar wär ich im falschen Glauben, alles WÄRE normal, zurück ins Bett geschlafwandelt. Aber beim Abputzen hab ich's dann doch bemerkt. Am Klopapier. Es war nur ein minikleiner Tropfen, der mit dem letzten Pipitropfen daran haften geblieben ist, aber er war

R
O
T.

Ich hab direkt noch mal nachgewischt. Sehr gründlich sogar. Hinterher war noch mehr von dem Rot am Papier. Meine Unterhose war noch sauber, aber ich war mir FAST sicher ...

Ich also zu meinen Müttern ins Schlafzimmer, sie geweckt (genauer gesagt, Matrix – MaMi ist nicht richtig wach geworden), ihnen das Klopapier gezeigt und *tadaaa!*

»Das sieht ganz danach aus«, hat Matrix gesagt und mir eine Binde gegeben. »Leg dich noch mal hin, alles Weitere später.«

*Alles Weitere* war dann:

1. Pancakes mit Ahornsirup und Zitronenmelisse vom Balkon zum Frühstück
2. eine feierliche Gratulation von MaMi von wegen, da hätte ich ja nun doch nicht ganz so lange warten müssen wie sie ihrerzeit, und

3. Matrix' kleiner Vortrag über Fruchtbarkeit (wusste ich alles schon) und Intimhygiene (wusste ich auch schon) und Badezimmerhygiene (wusste ich noch nicht so genau [niemals eine Binde oder einen Tampon ins Klo schmeißen!]).

Das war's auch schon.

Aber irgendwie hab ich mich auf einmal SOOO erwachsen gefühlt. Ich meine, hallo? Meine Tage? Das ist ja wohl mal was, oder nicht?

Nachmittags hab ich in meinem Zimmer rumgeräumt und altes Spielzeug aussortiert (na ja, ein bisschen vom SEHR alten Spielzeug [die Fisher-Price-Kasse und die Scheibenpyramide]), und als MaMi reingekommen ist und gefragt hat, ob ich Lust hätte, morgen mit Matrix und ihr Philipp zu besuchen (Kathrin sei übrigens auch da und das sei doch eine tolle Gelegenheit, sich endlich bei Philipp und ihr ... und so weiter), hab ich ganz erwachsen »Nein, danke, ich bin bedauerlicherweise verhindert« gesagt, und dann hab ich MaMi schnell wieder rausgeschickt und zur Beruhigung die letzten 54 Seiten von *Alice hinter den Spiegeln* gelesen.

Hinterher hab ich mir ein Erwachsenenbuch aus dem Wohnzimmer geholt *(Der Zauberberg)* und es nach ein paar Seiten wieder zurückgestellt, weil ich gedacht hatte, es ginge um irgendwas zauberig Fantasymäßiges, was aber nicht stimmte.

Ich hab Moritz' CD aufgelegt und schnell wieder ausgestellt (wegen *Mi-mi-miii* und wegen Metal) und ein Tampon ausprobiert (ging!) und mir Wimperntusche draufgemacht und die

Wimperntusche mit einem Wattepad wieder abgemacht (war ja nur zu Übungszwecken), und dann hab ich mich an den Schreibtisch gesetzt und –

Okay, das ist jetzt alles doch wieder ein bisschen länger und memoirischer geworden, als ich eigentlich vorhatte, aber nur ausnahmsweise. Wegen dem Tage-Tag. Ob der nun normal war oder unnormal, ob er hier reingehört oder nicht oder was auch immer.

PPS: Bauchschmerzen hab ich keine.

## Sonntag, der 2. September
### (Der Tag, an dem es Sojafrikassee gegeben hat)

1. Sojafrikassee.
2. Wochenende.
3. Sonne und Wind und Kühle und in der Luft dieser ganz spezielle Geruch nach September.

PS: Zu dem Sojafrikassee muss ich was sagen. Denn das hab ich nicht zu Hause gegessen, sondern bei Moritz, und seine Eltern (genauer gesagt, Simone und Rainer) haben es nur meinetwegen gekocht beziehungsweise, weil ich Vegetarierin bin, sonst hätte es Hühnerfrikassee gegeben. (Das arme Huhn hat schon im Kühlschrank gelegen [tot].)

Erst war es mir peinlich, vor allem, weil ich schon viel eher bei Moritz war als ursprünglich verabredet (warum, gehört hier nicht rein), und ich hab gesagt, mir reicht auch Reis mit Kapern, aber Moritz' Mutter hat gesagt, gar kein Problem, *der Gast ist König* und die hemmungslos-fleischfressende Familie Spiekmann könne ruhig mal einen Tag lang versuchen, vegetarisch zu überleben. (Sie, also Simone, würde dafür morgen eine leckere Hühnersuppe kochen.)

PPS: Schuld an all dem war aber eigentlich nicht ich, sondern mein Samenspender. Hätte er sich nicht bequemt, seiner Heiratsfrau KATHRIN nun doch mal von meinen Müttern und seiner fruchtbringenden Spende an sie zu erzählen (siehe gestern), und hätte er uns nicht unbedingt schon zum *gemütlichen Sonntagsbrunch* eingeladen, dann hätte ich nicht schon vormittags VERHINDERT sein müssen und hätte zu Hause noch was gekriegt. So.

PPPS: Auf diese Weise unmütterlich abgeschoben, war ich natürlich auch viel länger bei Moritz, als es für unser Referat notwendig war. Genauer gesagt: von zwölf Uhr neununddreißig bis zwanzig Uhr achtzehn. Davon haben wir genau vier Minuten lang den Feincheck vorgenommen (auf halber Treppe in den Keller stehend) und haben (gleich wieder nach oben gegangen) seinen Eltern und seiner Oma einen Generalprobenwohnzimmervortrag gehalten. (Sieben Minuten [nur Text, keine Hörproben].)

Danach hatten wir Zeit für andere Dinge.

Vom *Lied* war keine Rede mehr und auch sonst hat Moritz sich metalmäßig ungewöhnlich zurückgehalten. Ich fand es fast schade, dass er seine Gitarre nicht mal berührt hat, als wir schließlich in sein *Kabuff* runtergegangen sind, obwohl ich es auch gut gefunden hab, weil natürlich auch so schon genug Gewohnheitsliebe in mir hin und her geschwappt ist.

Ich brauchte mich ja nur in das überfüllte Zimmerchen zu stellen, irgendwas einen Moment zu lang ANZUGUCKEN und sofort ist eine Band aus Puppenstubenfiguren aufmarschiert, hat die winzigen Händchen zu Teufelshörnern geformt und ganz leise angefangen zu rocken.

Moritz hat auch nichts vom Tonstudio gesagt oder von *Gryphos* und dem *First Album,* und das war mehr als ungewöhnlich, aber dann ist mir aufgegangen, dass er es aus RÜCKSICHT nicht getan hat. (Okay, man könnte auch sagen: weil ich es ihm verboten hatte.) Wie auch immer –

*Hell yeah!*

PPPPS: Stattdessen hat er mir erzählt, dass seine Oma seit fünfzig Jahren ein Abo für die Oper habe und er sie immer begleiten würde (also natürlich nicht seit fünfzig Jahren).

»Erst seit mein Opa gestorben ist und ich SEIN Abo geerbt hab«, hat Moritz gesagt, ist die Leiter zu seinem Hochbett rauf gestiegen und hat ein paar Zettel und Notenpapiere zusammengeklaubt, damit wir es uns gemütlich machen konnten. »Da war ich acht.«

Und das hat mich wieder mal schwer ergriffen.

Denn das muss man sich mal vorstellen: ein Achtjähriger, der sich stundenlang *Die Zauberflöte* reinzieht oder *Madame Butterfly* oder sogar was Mehr-als-Stundenlanges vom wahnsinnigen Wagner, damit seine Oma nicht allein in die Oper zu gehen braucht!

»Da musst du deine Oma aber lieb haben«, hab ich gesagt und bin an ihm vorbei aufs Bett geklettert. »Wenn du so was mit ihr machst.«

»Meine Oma ist eine Hexe«, hat Moritz erwidert, doch es hat sich angehört, als sollte es *Ja* bedeuten. »Sie geht auch gar nicht gern in die Oper. Mein Opa musste sie immer schon zwingen, mit ihm reinzugehen, und jetzt ich. Meistens schläft sie ein.«

»Oh.«

Ich hab mich ans Fußende gelegt, die Beine über den Rausfallschutz gehängt und den Waschmittelduft eingeschnuppert, der überall im Raum und in der Bettwäsche und in allen Sachen hing. Dicht neben meinem Gesicht haben sich Moritz' Füße befunden und in den Geruch gemischt, aber nicht stinkig, sondern eher vertraulich, und plötzlich ist mir was eingefallen.

»Moritz?«, hab ich gefragt. »Wieso musstest du eigentlich weg? Also, von deiner letzten Schule?«

Einen Augenblick war es ganz still, und es hat mir schon fast leidgetan, dass ich mich erkundigt hatte.

Da hat Moritz Luft geholt. »Wer sagt, dass ich wegmusste? Wer sagt, dass es an MIR gelegen hat?«

»Na ja ...« Ich hab gespürt, wie ich rot geworden bin. »Du hast doch selbst gesagt, dass du mit den anderen aus deiner Klasse ... also ...«

»Nicht so gut ausgekommen bin?« Sein rechter dicker Zeh hat sich in die Bettdecke gebohrt. »Das müsstest du doch am besten wissen«, hat Moritz dann gesagt. »Wenn irgendjemand, dann du.«

PPPPPS: Ich weiß nicht genau, was er damit meinte. Ich hab auch nicht nachgefragt, denn irgendwie war mir mulmig zumute. Moritz hat dann aber sowieso vorgeschlagen, noch irgendwas zu MACHEN, und das haben wir auch getan.

Seine Mutter (also Simone) hat uns eine Spiegelreflexkamera geliehen, und wir haben jede Menge Spaßfotos gemacht, die Moritz an seinem Computer bearbeitet hat, und ich hab mir lustige Texte für die Sprechblasen ausgedacht, die er in die Bilder eingefügt hat, und wir haben ein Video gedreht, in dem *Ziltoid the Omniscient* die Hauptrolle spielte, und ich hab Moritz eine Origami-Motte aus schwarzem Fotokarton gefaltet und zwischen seine Totenköpfe gehängt, und er hat meine Stimme aufgenommen und in mehreren Tonspuren übereinandergelegt (was geklungen hat, als würde ich mit mir selber streiten), und dann hat es auch schon Abendbrot gegeben (vegetarisch, nämlich Käsebrote und Gewürzgurken), und als MaMi und Matrix mich abgeholt haben, hab ich mich gefragt, ob uns irgendeine teuflische Kraft die Zeit weggesaugt hat.

»Bis morgen, Vogelfrau«, hat Moritz zu mir gesagt, während ich meine Filzjacke zugeknöpft hab, und er muss mir einen Totenkopfschwärmer nachgelächelt haben, denn als ich mit meinen Müttern über den Hinterhof gegangen bin, tanzte eine Motte durch die Dämmerung und schwirrte dann wie betrunken um die Außenlampe, und es hat unheimlich schön ausgesehen.

## Montag, der 3. September
### (Der Tag, an dem es Spaghetti gegeben hat)

1. Spaghetti Napoli mit Basilikum vom Balkon.
2. In Reli vorschriftsmäßig geschlafen. Ich war SOOO müde, weil ich gestern Abend doch wieder so viel aufgeschrieben hatte. (Genauer gesagt: bis halb zwei in der Nacht.) Das Gieselmännchen war, glaub ich, begeistert, weil ihr bis zuletzt niemand widersprochen und niemand reingequatscht hat und bis zum Ende der Stunde selige Nächstenliebe geherrscht hat. Als es geklingelt hat und ich aufgewacht bin, hat sie mir jedenfalls sehr freundlich zugenickt.
3. Filzjackenwetter.

PS: Kein PS.

PPS: Höchstens, dass auf meinem Schreibtisch, als ich mich an die Hausaufgaben gesetzt hab, ein Brief gelegen hat.

Von Philipp.

An mich.

Ich hab ihn aber nicht aufgemacht, sondern nur ein bisschen befühlt. Okay, ich hab ihn ziemlich gründlich befühlt. Es hat was drin gelegen, das eckig war und pappig und das VIELLEICHT die gleiche Form hat wie –

Was weiß ich. Irgendein heißes Eisen, jedenfalls. Wenn man eine Ecke vom Briefumschlag länger als zehn Sekunden berührt, fängt sie an zu glühen, und ich hab mir richtig die Finger verbrannt.

Hausaufgaben konnte ich danach keine mehr machen. Und das war nun wirklich nicht meine Schuld.

## Dienstag, der 4. September
(Der Tag des Referats)

Also, übers Essen schreib ich nichts an so einem Tag. Oder darüber, was in der Schule heute dran gewesen ist. Oder übers Wetter.

Weil ich

1. beim Mittagessen sowieso keinen Appetit hatte, nicht mal auf den Nachtisch (was für einer es war, gehört hier nicht rein [höchstens, dass es einer war, den ich NORMALERWEISE sehr, sehr lecker finde, vor allem mit heißen gemischten Beeren, so wie heute]).

Und weil ich

2. nie wieder in die Schule gehen werde, selbst wenn ich dafür mein Wickeloberteil anziehen und eine Geisha werden und für immer auswandern muss.

Und weil ich

3. nicht mal FÜHLE, ob es warm oder kalt ist, ob es regnet, donnert, schneit oder die Sonne scheint, und mit oder ohne Jacke die ganze Zeit friere und schwitze und alles zugleich.

Und es tut mir ja schrecklich leid, wenn es jetzt doch noch mal memoirisch wird und lang und unnormal, aber ich glaub, das ist nach allem, was passiert ist, auch egal.

***Denn hier schreibt Anouk Vogelsang,***
***die trotz aller Listen und Pläne und Mühen***
***nicht mehr zu retten ist.***

Heute also.

Natürlich muss ich als Erstes doch erwähnen, was in der Schule dran war, denn damit hat es ja angefangen. Ich lasse aber Englisch und Erdkunde aus und was wir sonst noch hatten, als Lore noch so was wie meine Freundin war und Mia und Frederike zumindest zwei Mädchen, denen ich in der Pause hinterherlaufen konnte, und als ich Moritz noch gemocht hab (jawohl, das hab ich nämlich [wenn auch nur außerhalb der Schule]), und als mich zwar alle unnormal gefunden und hinter meinem Rücken über mich geredet, aber mir wenigstens nichts ins Gesicht geschrien haben, sodass ich zumindest noch HOFFEN konnte, dass dabei die Wörter mit -isch so was wie *himmlisch* bedeuten oder *fantastisch.*

Ich springe also direkt zur Musikstunde. Genauer gesagt, zu Moritz' und meinem Referat, auf das ich mich richtig GEFREUT hatte, weil wir es echt draufhatten und weil es *verdammt gut* hätte werden können, Metal hin oder her.

Pietschi hat es dann ja auch verdammt gut gefunden, der arme alte Mann, sonst hätte er uns keine Eins gegeben und hinterher schon gar nicht gesagt, *murmel murmel*, über Geschmack lasse sich ja bekanntlich nicht streiten, den Musikstil hätten wir außerdem frei wählen dürfen und es sei eine *Freude,* mit welcher *Leidenschaft* wir uns auf dem Gebiet der Musik *und* der Literatur bewegen würden, Moritz und ich.

Womit eigentlich schon alles gesagt ist.

Und das ist KEIN BISSCHEN lustig.

Es fiel mir zwar sofort auf, dass Moritz seine Gitarre dabeihatte, morgens, als wir uns vor der ersten Stunde (Englisch) im Gang getroffen haben. Und wär ich nicht noch so wahnsinnig verschlafen gewesen, hätte ich vielleicht sogar Lunte gerochen.

So aber hab ich ihn nur gefragt, wofür die gut sein soll (also hier, in der Schule), und hab mich damit zufriedengegeben, als Moritz geantwortet hat: »Ein Musiker tritt nie ohne sein Instrument auf.«

Ich Dulli.

Auch später hab ich alles gehört und gesehen, was es zu hören und zu sehen gegeben hat, sogar den batteriebetriebenen Miniverstärker im Butterbrotfach von seinem Rucksack. (Ja, sogar den!)

Und trotzdem hab ich's nicht kapiert.

Oder nicht kapieren wollen. Weil ich Moritz, dem rutschsockigen Nerd, zwar einen Pakt mit dem Teufel zugetraut hab und vielleicht Schulverweise und auch ein bisschen Wahnsinn und Magie und Absonderlichkeit, aber nicht DAS, nicht SO was Gemeines.

Ich hab ihn sogar beim Sachenauspacken in MEINEN Rucksack lugen lassen, in dem zwar kein Verstärker, aber eine von meinen *Nevermore*-CDs gesteckt hat, und hab ihm verraten, dass ich *And the Maiden Spoke* als Musikbeispiel ausgesucht hatte, weil das, ***hell yeah!***, so rockt.

»Und du?«, hab ich geflüstert, damit Schmidt, der gerade hinter dem Lehrertisch Platz genommen hatte, auf keinen Fall Lust bekommen würde, sich an unserem Gespräch zu beteiligen.

»A song that's perfectly in line with yours, *Maiden*«, hat Moritz mit normal lauter Stimme geantwortet, und weil Schmidt nun doch auf uns aufmerksam geworden ist, auf bedrohliche Weise eine Augenbraue hochgezogen hat (obwohl Moritz' Satz laut Google-Übersetzer absolut fehlerfrei war) und so ausgesehen hat, als wolle er sich durchaus gleich beteiligen, hab ich nicht weiter nachgefragt, sondern mein Heft, mein Federmäppchen und mein Englischbuch ordentlich vor mich hingelegt.

Und so ging es weiter. Je auffälliger Moritz sich verhalten hat, desto weniger Verdacht hab ich geschöpft:

1. Er hat ein paarmal sein Lied vor sich hingesummt, aber ich hab nur an Beaker gedacht.
2. Er hat mir erzählt, dass Philipp gestern während seiner Gitarrenstunde Besuch von einer Blondine hatte, aber ich hab nur erwidert: »Philipp? Welcher Philipp?«
3. Er hat mich gefragt, ob ich wieder mal Streit mit meinen sämtlichen Müttern hätte, aber ich hab nur zurückgefragt, wie er denn darauf käme,

meine Mütter hätten sich heute Morgen noch keine schwerwiegenden Fehltritte geleistet, außer dass eine von ihnen verschlafen und die andere auf ihren *inkompetenten Chef* geschimpft habe, und darüber hinaus wären es insgesamt nur zwei, das hätte er am Sonntag ja wohl sehen können.

Und die ganze Zeit über bin ich eifrig im Kopf meine Referatshälfte durchgegangen, hab geübt, geprobt und mich brav vorbereitet.

Deswegen war ich auch so froh, als dann in Musik alles gut geklappt hat und ich mich keinmal verhaspelt hab. Natürlich haben zwar ein paar Leute getuschelt und mich nachgeäfft, wenn ich zum Beispiel vorgemacht hab, wie Headbanging geht oder die Teufelshand oder wie ein Metal-Schlagzeuger das Doppelbasspedal tritt, und manche haben auch die Augen dabei verdreht.

Aber sonst war wirklich alles in Ordnung, keiner hat reingerufen oder blöde Kommentare gemacht oder laut gelacht.

Und als ich *Nevermore* angestellt hab, hat fast die ganze 8b zugehört, sodass ich schon gedacht hab, vielleicht lohnt es sich ja doch nicht, auf Pop umzusatteln, die finden Metal gar nicht so doof, wie ich immer geglaubt hab, und als Warrel Dane von *Nevermore* angefangen hat, mit seiner kratzigen Holzfällerstimme zu singen, ist eine ganze Welle Gewohnheitsliebe durch meinen Bauch geschwappt.

»*Hell yeah!*«, hab ich leise gesagt und mit dem Fuß gewippt.

Aber dann war Moritz an der Reihe SEINER Referatshälfte und SEINER Hörprobe, und bis ich begriffen hatte, warum er sein Klinkenkabel in den Verstärker gestöpselt hat und dass er allen Ernstes was SPIELEN wollte, statt was ABzuspielen, war es schon zu spät, um noch herauszufinden, WAS es war. Ich konnte nur noch wortlos zugucken, wie er ein rotes Plektron aus seiner Hosentasche geholt und in die Saiten geschlagen hat.

Eben war ich bei MaMi, die über einigen sehr gerüschten Entwürfen an ihrem Computer saß, hab ihr ein bisschen über die Schulter geguckt und mich dabei so ganz nebenbei erkundigt, wie man es nennt, wenn jemand die Ideen von einem anderen benutzt, ohne diesen anderen vorher (oder hinterher oder überhaupt irgendwann) zu fragen, ob er das denn auch dürfe.

MaMi hat geantwortet, es heiße wahrscheinlich *Diebstahl geistigen Eigentums,* und hat ein goldenes Gewand auf dem Bildschirm mit dem Farbbearbeitungsprogramm noch goldener gemacht.

»Und wenn, rein theoretisch, dieser Jemand dem anderen eine Idee wegnehmen würde, die total privat ist«, hab ich weiter gefragt, »und total geheim und total peinlich und total ... unnormal irgendwie, und wenn er auch noch WÜSSTE, dass der andere nicht will, dass jemals irgendwer davon hört, und er würde die geklaute Idee aber genau vor denen, die am allerwenigsten von ihr erfahren sollen, aus voller Kehle

SINGEN, und vorher würde er auch noch ankündigen, wer sie sich ausgedacht hat?«

»Das klingt jetzt zwar etwas konstruiert«, hat MaMi gesagt, sich auf ihrem Schreibtischstuhl zu mir umgedreht und mich grüblerisch angeguckt, »aber durchaus interessant. Zum Beispiel als Opernstoff. Also, wenn ich mir das jetzt mal auf der Bühne vorstelle, wäre vermutlich von ›Schimpf, Schmach und Schande‹ die Rede, und dann würde es noch ungefähr drei Arien und zwei Duette dauern, bis ein Dolch gezogen wird und das erste Blut fließt. Wieso fragst du?«

Ich hab zurückgeguckt und gemerkt, gleich muss ich heulen, und weil ich Heulen ja doof finde, bin ich lieber sauer geworden, und zwar auf MaMi und Matrix und darauf, dass es immer die Kinder sind, die ausbaden müssen, was die Erwachsenen sich Verrücktes ausdenken.

Ich hab die Tränen zurückgedrückt und gesagt: »Weil man zufällig ziemlich viel *Schimpf, Schmach und Schande* abkriegt, wenn man aus einer *etwas konstruierten* Familie kommt und keine andere Wahl hat, als selber zu einem *durchaus interessanten Opernstoff* zu werden. Übrigens, ich will auch so ein Gewand. Das goldene da. Mit einem Dolch, bitte!«

»Welches?« MaMi hat sich irritiert zum Computer zurückgedreht, aber im selben Augenblick hat der Bildschirmschoner die Entwürfe in ein schwarzes Schwarz gehüllt und sie hat sich wieder zu mir umgewandt. »Wir, äh, sprechen hier doch noch immer *rein theoretisch,* oder?«, hat sie gefragt. »Oder ist irgendwas passiert?«

»Nichts, was du wissen willst«, hab ich düster geantwortet, und bevor MaMi weiterfragen oder mir mitteilen konnte, dass sie durchaus alles *wissen wolle,* bin ich schnell zurück in mein Zimmer gegangen.

*Rein theoretisch* muss Moritz sich meine rausgerissene Maplepaper-Heftseite unter den Nagel gerissen und mein *geistiges Eigentum* gestohlen haben, während ich mit Lore zum Eiswagen gegangen bin.

Entweder hat er abgeschrieben, was er darauf *Privates* gefunden hat (was unwahrscheinlich ist, weil er nicht viel Zeit gehabt hat, bis auch die letzten Trödler ihre Siebensachen für die Pause zusammengesucht hatten und der Klassenraum abgeschlossen worden ist), oder er hat es irgendwie in sein Gedächtnis eingescannt (was wahrscheinlicher ist, wegen seines diabolisch gedopten Hirns).

Jedenfalls muss er meinen Text schon Wort für Wort gekannt haben, als er später an mir vorbei auf den Schulhof sandalt ist, und natürlich erst recht, als ich am Sonntag bei ihm zu Besuch war. Ja, bis dahin muss er ihn sogar längst VERTONT und EINGEÜBT und womöglich sogar MIT PHILIPP DURCHGESPROCHEN haben, und jetzt ist mir auch klar wie Klärchen, warum er nicht weiter mit mir über sein *Lied* sprechen wollte. Er hätte sich ja verplappern können, der schäbige Schuft, und ich hätte womöglich verhindert, dass er an diesem Dienstag, den 4. September, der Klasse 8b eine *Coproduction von Moritz Spiekmann (Music) und Anouk Vogelsang (Lyrics)* ankündigte.

Moritz hat das Lied einfach *Unnormal* genannt und offenbar

so lange daran rumgebastelt, bis der Text haargenau in seine Musik passte. Es klang, als könnte es gar keinen anderen Text dafür geben, vom Rhythmus her und auch sonst, und Moritz sang ihn so laut und deutlich, dass man jedes Wort verstehen konnte (von *Mi-mi-miii* keine Spur mehr).

Beim zweiten Refrain shouteten schon ein paar Leute mit, und so ging es weiter, bis ihn zuletzt jeder Gedächtniskrüppel auswendig konnte. Was wiederum daran lag, dass Moritz nach der letzten Strophe eine Schleife einbaute und den Refrain viel öfter spielte, als ich ihn aufgeschrieben hatte, also

*Dann, oh yeah, dann hast du leider*
*Das Unnormal-Gen abgekriegt,*
*Mit dem kommst du nicht aus dem Schneider,*
*Es hat dich schon längst besiegt.*

und wieder *Dann, oh yeah, dann hast du leider* ... und immer so weiter, bis er (also Moritz) endlich mit einem rasenden Gitarrenlauf aus der Wiederholung ausgeschert ist und das Lied beendet hat.

Hinterher haben alle (bis auf zwei) gegrölt und gepfiffen und »Anouk ist ein Mutant!« gejubelt und: »Von welcher Mutter hast du das Gen denn geerbt?«, und: »Von sämtlichen, haha!«, und: »Wetten, das macht lesbisch?!«, und: »Pass bloß auf, Lore, Anouk starrt dich immer so an!«, und: »Moritz, schmink dir deine Metal-Braut besser ab!«, und: »Psychoruine!«

Pietschi ruderte mit den Armen und rief: »Ruhe, bitte! Das war ein ganz tolles Referat!«

Er sagte, wie *außergewöhnlich* es von uns sei, mit einem eigenen Werk an die Öffentlichkeit zu treten, auch wenn es musikalisch wie inhaltlich vielleicht ein wenig *streitbar* sei, was allerdings *keinen Grund für eine derartige Aufregung* darstelle.

Doch niemand achtete auf ihn.

Es war, als wäre ein Stichwort gefallen, und jeder, der irgendwann mal irgendwas über mich gedacht (oder geahnt oder vermutet oder hinter meinem Rücken geflüstert) hatte, wollte es plötzlich laut in die Welt hinaus brüllen. Es gab ein wildes Durcheinander, in dem ich irgendwann nur noch die Stimmen von Mia und Frederike unterscheiden konnte und nichts anderes mehr verstand als

»-isch!«

»-isch!«

»-isch!«

Und diesmal wusste ich ganz sicher, was es heißen sollte (dafür muss ich keine Wörter mehr aufschreiben [und auch keinen Übergangsnamen suchen]).

*Fantastisch* war jedenfalls nicht gemeint.

Als der Lärm kaum noch auszuhalten war, schlug Moritz auf seiner Gitarre einen *Tritonus* an und tremolierte so wild darauf rum, dass man sich die Ohren zuhalten musste, und allmählich wurde es wieder leiser.

»Danke sehr.« Er legte die Gitarre zurück in den Kasten, baute sich in seinen Klettverschlussstiefeln vor der Klasse auf und ließ seinen Blick langsam von Gesicht zu Gesicht schweifen.

Und da, plötzlich, war es ganz still.

So still, wie wenn man im Schwimmbad untertaucht und alles Rufen und Kreischen und Lachen und Toben vom Wasser verschluckt wird.

Nicht mal Pietschi traute sich, noch was zu sagen, von mir selbst ganz zu schweigen. In meinen Ohren rauschte es nur dumpf und irgendwann (nach drei Sekunden?, drei Minuten?, drei Stunden?) sickerte leise und wie von ganz weit weg Moritz' Stimme zu mir durch.

»Seht ihr«, sagte er, »genau das hat Anouk gemeint. Und genau darum geht's bei Metal. Um Leute, die die Macht haben, und um Leute, die anders sind und eben KEINE Macht haben. Und dass sich daran was ändern muss, egal wie. Vielen Dank fürs Mitmachen.«

Dann lächelte er mir zu, und ich schätze mal, er hat es irgendwie FREUNDLICH gemeint, aber damit konnte er mir nicht kommen.

Nicht Moritz.

Nicht mehr.

Nicht nach all dem.

Ich setzte mich auf meinen Platz und für den Rest der Stunde (und sogar noch hinterher, als Pietschi uns die Eins gegeben und über unsere *Leidenschaft* geschwafelt hat) klang das *Unnormal*-Lied in meinen Ohren nach, tausend Stimmenechos redeten flüsternd auf mich ein und noch immer haftete Lores Blick auf mir.

LORES BLICK.

Okay. Die zwei Personen, die nicht mitgegrölt hatten, waren:

1. Ich

und

2. Lore.

Ich, weil ... logisch. SO unnormal, dass ich mir selber Beleidigungen zurufe, bin ich nun doch nicht. Und Lore hat es auch nicht getan.

Aber bei Lore war es was anderes. Lore hatte diesen Blick, der viel schlimmer war als jedes Gegröle. Der Blick war ENTTÄUSCHT. Nein, ENTSETZT. Nein, ANGEWIDERT. Er sagte: Wie konntest du nur?, und: Was willst du von mir?

Am Ende des Blickes zog Lore die Schmetterlingsspange aus ihren Haaren, ihr schmales Gesicht verschwand hinter einer Gardine und damit war alles klar.

Nach der Stunde ist sie mit Mia und Frederike aus dem Musikraum verschwunden und zwischen uns war alles, alles kaputt.

Wie hätte es auch anders kommen können?

Wie hatte ich nur denken können, mit Lore wäre es anders, sie würde mich mögen und wir könnten richtige, echte Freundinnen werden, wenn ich mir nur ein bisschen Mühe gäbe und mich gewohnheitsentliebe und auch sonst ganz viel in meinem Leben ändere?

Wo ich doch das Allerwichtigste gar nicht ändern KANN, nämlich

1. wer ich bin und
2. wo ich herkomme?

Und kaum erfährt sie, dass meine Mütter lesbisch sind, denkt sie, ich wäre es auch und wolle wer weiß was von ihr, und schon ist Schluss mit Freundinnen-Sein.

So einfach ist das.

So einfach ist es immer gewesen, seit MaMi Philipps *fruchtbringende Männlichkeit* in Matrix' Unterleib gespritzt hat und ein komisches Kind dabei rausgekommen ist (also ich).

Und so einfach wird es immer bleiben.

Ganz egal, wie sehr ich mich anstrenge, ein normales Leben zu führen.

*Denn, oh yeah, denn ich hab leider*
*Das Unnormal-Gen abgekriegt,*
*Mit dem komm ich nicht aus dem Schneider,*
*Es hat mich schon längst besiegt.*

Oh, wär ich doch nie Moritz Spiekmann begegnet!

## Mittwoch, der 5. September
(Der Tag der Einsamkeit)

Eben, beim Aufstehen, hab ich die Bauchschmerzen bemerkt. Was natürlich praktisch war, allerdings haben sie sich irgendwie komisch angefühlt: echter als eingebildete und eingebildeter als echte (also ungefähr so wie ein Gespenst, an dem noch ein bisschen Fleisch dran hängt), und ich war mir nicht sicher, ob sie wohl gelten würden, um zu Hause bleiben zu dürfen. Jedenfalls haben sie wehgetan.

Bis zum Frühstückstisch hab ich's noch geschafft, aber was essen, das ist einfach nicht gegangen (nur 1 Löffel Joghurt mit 2 Brombeeren drin und 1 Prise Zimt).

»Bauchschmerzen?«, hat Matrix misstrauisch gesagt. »Du müsstest doch fast durch sein mit deinen Tagen.«

»Ich BIN durch mit meinen Tagen«, hab ich erwidert und die Hände auf den Bauch gepresst. »Das ist mehr so ... inwärts. Wie bei Blähungen, nur ohne Blähungen.«

»Hm«, hat Matrix gemacht. »Schreibt ihr heute zufällig einen Test oder so was?«

»Nee, aber so ist es auch ein bisschen«, hab ich gesagt. »Wie bei einem Test, nur ohne Test.«

Matrix hat geseufzt. »Bist du dir sicher, dass du nicht simulierst?«, hat sie gefragt, und, ganz ehrlich, ich war mir NICHT sicher, denn mit Simulation und Wirklichkeit ist es ja so eine Sache.

Man kann sie nicht gut unterscheiden.

Zum Glück ist im selben Moment MaMi in die Küche gekommen (hellwach [fast] und angezogen, weil sie zu einem Termin ins Opernhaus musste) und hat mir die Antwort erspart. Sie hat einen kurzen Orientierungsblick in die Runde geworfen, sich bedeutungsvoll in Matrix' Richtung geräuspert und dann ohne jede Nachfrage zum Telefon gegriffen, um mich in der Schule zu entschuldigen (Alibi: Magen-Darm-Verstimmung).

Was ich erst mal sehr angenehm gefunden hab.

Was aber zur Folge hat, dass ich jetzt bis zum Nachmittag allein zu Hause rumhänge.

Was natürlich besser ist, als in der Schule zu hocken, zwischen all den Leuten, die von meinem Unnormal-Gen wissen und dass ich eben KEIN normales Leben führe, und die glauben, ich wäre dieses ganz bestimmte Wort mit -isch, und die Lieder über mich singen und hinter mir hergrölen und sich hinter ihren Haaren vor mir verstecken.

Zu Hause ist es aber eben auch ... ziemlich allein.

Es war von der ersten Minute an ziemlich allein.

Es war sogar TOTAL allein.

Matrix hat mir noch einen Pott Tee aus frischen Kräutern vom Balkon gekocht, ihn auf ein Stövchen gestellt und einen Zettel danebengelegt, der wohl so was wie eine Packungsbeilage sein sollte *(Kräutermix gesundwerdfix – lindert unangenehme Geistkrämpfe und löst Gedankenfürze!)*, und MaMi hat gesagt, wenn die Schmerzen schlimmer würden oder ich

Redebedarf hätte oder sonst irgendwas sei, solle ich mich auf jeden Fall melden, sie würde mich schnellstmöglich zurückrufen.

Trotzdem waren meine Mütter, nachdem sie dann schließlich nacheinander aufgebrochen waren, einfach nur weg, wegger, am wegsten.

Die ganze Wohnung war still und verlassen, und ich, ich war es auch. Erst hab ich mich noch mal ins Bett gehauen mit meinem Bauch (und natürlich auch mit dem Rest von mir) und versucht, wieder einzuschlafen, aber da ist mir plötzlich der Gedanke gekommen, das einzige lebende Wesen auf der Welt zu sein, und ich bin schnell ins Wohnzimmer gewechselt (wegen der Pflanzen).

Mit den *Tributen von Panem,* Teil 1, und einer Tasse *Gesundwerdfix* hab ich mich zwischen die *Vanilla planifolia* und den *Ficus benjamini* gesetzt und 89 Seiten gelesen, aber es hat nicht viel genützt.

Die Gespensterbauchschmerzen waren immer noch da und auch der verrückte Gedanke, allein auf der Welt zu sein (entschuldige, *Vanilla!,* entschuldige, *Ficus!*).

Dazu ist auch noch die Langeweile gekommen, weil ich das Buch schon sieben- oder achtmal gelesen hab und ganze Seiten auswendig kann, und darum bin ich zurück in mein Zimmer gegangen.

Einen minikurzen Moment hab ich überlegt, wozu, aber eigentlich wusste ich schon, was ich vorhatte, und hab den Laptop hochgefahren.

Und zwar NICHT, um das Spiel zu laden und mich mit ein paar freundlichen Figuren anzufreunden. Auf Anfreundungen hab ich nämlich keine Lust mehr, wenn man danach immer nur noch alleiner ist als vorher.

Ich hab es getan, um was aufzuschreiben. Alles und irgendwas. Und um dann zu gucken, was passiert. Ob das nun normal ist oder unnormal, ist mir egal, denn so viel hab ich immerhin schon mitgekriegt: Wenn die Wörter bei einem sind, gehen sie so schnell nicht wieder weg. Vielleicht sind Wörter ja bessere Freunde als Menschen, sogar die doofen und die traurigen. Schreibt man zum Beispiel

Einsamkeit

und dann steht sie da (also als Wort) mit all ihren Häkchen und Ecken und Bögen, dann kann man sie tatsächlich fast ein bisschen –

Na ja, nicht gerade MÖGEN. (Das wäre nun wirklich nicht normal.) Aber so was Ähnliches. Sie ist einfach da, und man kann sie nicht mehr löschen, weil sie eine Wahrheit ist, und eine Wahrheit bleibt auch eine Wahrheit, wenn man sie nicht sehen kann.

Okay, ich geb's zu: Ich fühle mich einsam. Und ich vermisse. WAS ich vermisse, weiß ich nicht genau, aber vielleicht spielt das beim Vermissen auch nicht so die Rolle. Viel wichtiger ist, dass einem etwas fehlt. Oder jemand. Oder ganz viele.

Ich schreibe: Zuckerperlen.

Ich schreibe: **GEFÜLLTE WEINBLÄTTER.**
Ich schreibe:

Origamischwalbe
**Ohrenschmaus**
Blondine
vogel(ge)sang
***Maiden***
Schwarze Magie
*Heckenrose*
**Weiher**
*Gryphos*
**Tattoo**
Schwebende Jungfrau
SONNE
**Giftpilz**
**Weihnachten**
*Ziltoid the Omniscient*
Totenkopf
Schokolade
**SCHAUKELSTUHL**
Karpfen
Oma
**Herbstluft**
Vorgarten
**Weiße Magie**
Spielstraße
Verschwindetrick
*Kind*
**Wassermann**
**Samenspender**
HOFFNUNG
Algen
Mutter
**Tonstudio**
Hochzeit
**Elfen**
***Enttäuschung***
*Haare*
Angst
Undergroundclub
Sommerferien

Ich stelle Musik an. Ich höre zu, was *the Maiden* spricht, zum ersten Mal. Ich befrage sicherheitshalber auch noch den Google-Übersetzer. Ich stelle die Musik wieder aus. Ich kann jetzt Englisch.

*The Maiden* sagt:

*»You are not alone,*
*so never be afraid.*
*We are the cold and beautiful,*
*you are the blue insane.«*

Ein Junge, der Moritz heißt, sagt: »A song that's perfectly in line with yours.«

Ich sage: »Ich bin aber allein. Ich hab das Unnormal-Gen.«

Der Junge sagt: »You are the blue insane.«

Ich sage: »Niemand findet es toll, wenn man verrückt ist.«

Der Junge sagt: »Bei Metal geht's um Leute, die die Macht haben, und um Leute, die anders sind und eben KEINE Macht haben.«

Ich sage: »Wieso musstest du eigentlich weg?«

Der Junge sagt: »Wer sagt, dass es an MIR gelegen hat?«

Ich sage: »Du hast doch selbst gesagt, dass du mit den anderen aus deiner Klasse –«

Der Junge sagt: »Das müsstest du doch am besten wissen.«

Ich sage: »Ich?«

Der Junge sagt: »Wenn irgendjemand, dann du.«

Ich sage: »Nun ja.«

Der Junge sagt: »You are not alone.«

Ich sage: »We are the cold and beautiful.«

Der Junge sagt: »Es muss sich was ändern.«

Ich sage: »Ich kann aber keine Rebellion, ich kann nur komische Gedanken.«

Der Junge sagt: »Jacke wie Hose.«

Ich sage: »Du bist ein Dieb geistigen Eigentums.«

Der Junge sagt: »Glaubst du, ich frag dich nach einem Text und nehm ihn dann nicht?«

Ich sage: »Das sind MEINE Gedanken.«

Der Junge sagt: »Das IST Rebellion.«

Ich sage: »Schimpf, Schmach und Schande!«

Und der Junge sagt: »Lass den Dolch stecken, Vogelfrau. Ich dachte, du bist Vegetarierin!«

Dann ist es in der Wohnung wieder still. Nur die Wörter wispern noch leise vor sich hin.

Vorhin hat MaMi angerufen, und beim ersten Klingeln wär ich fast in Ohnmacht gefallen, weil ich mich schon so daran gewöhnt hatte, dass es außer mir keine Menschen auf der Welt gibt. Dann bin ich drangegangen, und sie hat gefragt, wie es mir geht. Ich hab in meinen Körper hineingefühlt, und die Gespensterbauchschmerzen waren ... nicht gerade WEG, aber sie sind ein bisschen unsichtbarer geworden. Sie haben kaum mehr gekniffen, sondern sind wie hauchdünne Nachtfalter durch die Dunkelheit in meinem Bauch geflattert, also: waren besser.

»Wie schön«, hat MaMi gesagt. »Hast du den Tee getrunken?«

»Ja«, hab ich geantwortet. »Ein bisschen.«

»Und sonst?«

Ich hab überlegt. Dann hab ich gefragt: »Haben sie dich früher in der Schule mal ‚lesbisch' genannt?«

In der Leitung hat alles geschwiegen, MaMi, die Wörter, der Rest der Welt. Nur im Hintergrund hat eine Klarinette Tonleitern gedudelt.

»Nein«, hat MaMi schließlich geantwortet. »Dass ich eine Lesbe bin, hat damals noch niemand geahnt. Ich fand zwar mal eine Klassenkameradin toll, aber sie dachte, ich würde sie hassen, weil ich plötzlich so merkwürdig zu ihr war. Folglich war sie merkwürdig zu MIR, und ich dachte, SIE würde MICH hassen, und da bin ich erst mal dem Jungen hinterhergerannt, auf den gerade alle anderen Mädchen standen, und es ist sehr, sehr kompliziert geworden. Kapiert, was eigentlich mit mir los war, hab ich nicht, wie fast jeder, der sich zum ersten Mal verliebt. Es hat auch noch Ewigkeiten gedauert, also, bis ich ein bisschen mehr kapiert hab. Da war ich locker über zwanzig. Und ich bin mir sicher, die meisten Leute sind kein bisschen schneller. Schon gar nicht, wenn sie glauben, in ihrem Leben wäre alles ganz einfach. Dann dauert es besonders lang.«

»Oh«, hab ich gesagt, weil mir nichts anderes eingefallen ist. Die Klarinette hat gequietscht.

»Anouk?«

»Ja.«

»Ich muss jetzt zurück zu meinem Termin.«

»Ja.«

»Mach was Schönes!«

»Ja.«

MaMi hat gesagt, dass sie mich liebt.

Ich hab gesagt, ich würde sie auch meistens lieben. Dann hab ich aufgelegt.

Was Schönes machen.

MaMi ist vielleicht witzig. Was soll ich denn bitte …?

Okay. Ich weiß was.

Ob es was Schönes ist, muss sich erst zeigen. Aber der Briefumschlag wellt sich mir schon vom Schreibtisch entgegen. Seine Ränder sind bräunlich verfärbt und an einer Ecke (dort, wo ich ihn neulich besonders lange befühlt hab) ist er ein bisschen angekokelt. Wenn er nicht bald mal geöffnet wird, geht er vermutlich in Flammen auf. Im Grunde ist das, was ich mache, also nur Brandschutz.

## Freitag, der 7. September, und ein bisschen Samstag, der 8., aber auch noch Donnerstag und Mittwoch, der 6. und 5. September, und darüber hinaus der Rest der Zeit

### (Der Tag des Samenspenderrockervaters)

Gut, wenn ich von heute erzählen will, muss ich von gestern erzählen, und wenn ich von gestern erzählen will, muss ich mit vorgestern anfangen, weil ja nie was einfach so passiert, sondern davor auch schon was war, das man vielleicht schon fast vergessen hat, und davor war wieder was und davor und davor, und eigentlich müsste man beim Urknall anfangen, aber weil das eher unpraktisch ist, nehm ich jetzt einfach die Eintrittskarte.

Als Anfang.

Die hat nämlich in Philipps Briefumschlag gelegen, und daran hat ein Post-it geklebt (feuerorange), worauf gestanden hat:

> Eigentlich sollte es eine Überraschung sein,
> aber drauf geschissen.
> Du weißt ja sowieso schon Bescheid.
> Krickelkrakel
>
> (= Philipps unlesbare Unterschrift)

Ich hatte aber nicht das Gefühl, über irgendwas Bescheid zu wissen. Im Gegenteil, ich hab gar nichts mehr geschnallt. Also, dass die Eintrittskarte sich nicht nur wie eine Eintrittskarte ANGEFÜHLT hat, sondern auch eine WAR, hab ich natürlich kapiert, und zwar:

- für die *Raumzeit*, einen der undergroundigsten Undergroundclubs, den ich kenne,

und zwar:

- zum Record-Release-Concert am Samstag, den 22. September (inkl. 1 Freibier-Gutschein).

Aber wie das nun wieder alles zusammenpassen sollte: Underground und Mainstream und Livemusik und CD-Aufnahme, Einladung und Streit – DAS hab ich nicht kapiert.

Plötzlich sind auch die Bauchschmerzen zurückgekommen. Keine gespenstischen, sondern richtig echte, vor lauter Aufregung und Verwirrung und Das-ist-mir-alles-zu-viel.

Weil ich nicht wusste,

ob ich mich auf das Konzert freuen durfte
oder nicht
und ob ich überhaupt hingehen wollte
oder nicht

und weil ich das Gefühl hatte, ich versteh nix und niemanden mehr, und weil mir plötzlich wieder meine Freundin, die Einsamkeit, zugeflüstert hat, so sei das nun mal im Leben:

*Mit deinen Gedanken bist du ganz allein.*

Als MaMi endlich nach Hause gekommen ist, hab ich auf meinem Bett gelegen und nicht gewusst, wie ich erklären sollte, was *jetzt wieder* los war, und sie hat mir über die Wange gestreichelt und ein ganz verzweifeltes Gesicht gemacht.

Kurz darauf ist auch Matrix gekommen und war müde und hungrig und genervt von ihrem *inkompetenten Chef* (was bedeutet, dass sie ihre Stinkelaune hatte) und hat gesagt, *Schluss jetzt mit dem Eiertanz,* irgendwann müsse man mal mit der Sprache rausrücken.

»Ich rücke andauernd mit der Sprache raus«, hab ich gesagt. »Ich mache schon lange nichts anderes mehr.«

»Ach ja?«, hat Matrix geschnappt. »Mir kommt es eher so vor, als würdest du den ganzen Tag vor deinem Computer hocken, dieses schwachsinnige Spiel spielen und mit niemandem mehr über irgendwas reden.«

»Das stimmt jetzt nicht GANZ«, hat MaMi beschützend gesagt.

Dass der Laptop ein Fehler gewesen sei, das gebe sie zu, und über diese Zockerei müssten wir wirklich noch mal sprechen, aber ich hätte ihr heute am Telefon immerhin eine Frage zu ihrer Kindheit gestellt, die so einiges erkläre.

»Soso. Und was ist hiermit?« Matrix hat den aufgerissenen Briefumschlag vom Fußboden aufgehoben und MaMi vor die Nase gehalten. »Und hiermit?« (Mein in lange Streifen zerrissenes Maplepaper-Heft [*räusper*].) »Und hiermit?« (Moritz' in der Mitte durchgebrochene CD.) »Und hiermit?« (Der mit einer Nagelfeile erdolchte Origamikranich.) »Und hiermit?« (Mein Entwurf für ein Stellengesuch als Geisha.) »Und hiermit und hiermit und hiermit?« (Ein paar von den Zuckerperlen, die ich in meine Zimmerecken gestreut hatte, damit sie dort nachts im Dunkeln leuchten.) »Das ist alles mit einer Frage zu deiner Kindheit erklärt, ja? Dann schieß mal los, ich bin ganz Ohr.«

»Was ist das denn?«, hat MaMi mit einem erschrockenen Blick auf die Zuckerperlen gefragt. »Das hab ich ja noch gar nicht gesehen. Anouk, was ist das?«

»Noch nicht gesehen!«, hat Matrix da gezischt. »Ist ja klar. Nichts hören, nichts sehen, aber über alles Bescheid wissen!«

»Ich habe Anouk gefragt, was das für komische weiße Dinger sind«, hat MaMi richtig böse zurückgefaucht. »Und mit Geschrei ist hier gar nichts getan, Beatrix. – Anouk, was –«

»Hör dich doch mal an!«, ist Matrix ihr ins Wort gefallen. »So ein scheinheiliges Getue.«

»Jetzt streitet euch nicht auch noch, ihr dummen Mütter!«, hab ich gerufen. »Das sind nur Zuckerperlen, aus unserer Backdose. Und ihr sollt gefälligst zusammenhalten ... bitte! Wenigstens ihr. Wenn schon alle anderen so doof sind, Philipp und der Rest der Welt.«

Und dann hab ich was Verrücktes gemacht.

Was ich nie, NIE, *NIEMALS* machen wollte.

Wie das eben so ist bei mir.

Ich hab ihn den beiden gegeben.

Also: meinen Steinzeit-Laptop.

Mit meinen Memoiren drin.

Leihweise.

Zum einmaligen Lesen.

Hinterher (das war gegen 22 Uhr) haben sie mir endlich geglaubt, dass ich nicht spielsüchtig bin, sondern nur

***Anouk Vogelsang,***
***geplagt und gequält von ihrem Unnormal-Gen***
***und zerstritten mit dem Rest der Welt.***

»Mit der Schule morgen, das wird nichts«, hat MaMi verkündet, den Laptop zurück auf meinen Schreibtisch gestellt und mir einen Gutenachtkuss gegeben.

Und Matrix hat hinzugefügt: »Manchmal gibt es Wichtigeres im Leben. Außerdem wäre es fahrlässig, mit einer Magen-Darm-Verstimmung so schnell zurück in die Schule zu gehen, sonst steckt man noch die ganze Klasse an.«

*Hell yeah!*

Oder besser:

*Hell no!*

Das *Wichtigere im Leben* war dann nämlich der Babysitter. Beziehungsweise der Krankenpfleger. Oder wie auch immer man es nennen mag, wenn man zu Hause bleibt (obwohl man KEINE Magen-Darm-Verstimmung hat [sondern nur was Inwärtiges]) und beide Mütter sind weg (die eine extra früh bei ihrem inkompetenten Schlechte-Laune-Chef in der Firma und die andere, obwohl sie KEINEN wichtigen Termin hat, in der Schneiderei vom Opernhaus), und der eigene Samenspender wird zum Aufpassen und Teekochen und Bespaßen und einfach nur Da-Sein angeheuert.

Das Wichtigere im Leben war also: Philipp.

Er war schon in unserer Wohnung, als ich gegen neun Uhr aufgewacht bin, sodass ich gar keine Chance hatte, etwas dagegen zu tun.

Wenn ich es gewollt hätte.

Aber ich wusste ja sowieso nicht mehr, was ich wollte und was nicht.

Jedenfalls.

Als ich in die Küche getappt bin, hat Philipp am Frühstückstisch gesessen (in der einen Hand eine Tasse Kaffee [sein *Lebenselixier* vor achtzehn Uhr] und in der anderen seinen Kopf [also natürlich nur aufgestützt]), und hätte ich Latschen angehabt, wär ich garantiert rausgekippt. So aber bin ich auf meinen nackten Füßen stehen geblieben und hab nur ein bisschen geschwankt, als mein *Samenspender* hochgeblickt und die Tasse abgestellt hat und aufgestanden ist, um mich zu begrüßen.

»Hey, du verrücktes Mädchen«, hat er gesagt. »Musst du erst krank werden, damit man mich zu dir lässt?«

»Ich bin nicht krank«, hab ich mit gequetschter Stimme entgegnet. »Und ich hab auch niemandem erlaubt, dich zu mir zu lassen.«

Aber ich hab mir schon ungefähr denken können, welche Art Krankheit er meinte und warum meine Mütter dafür gesorgt hatten, dass er hier war (während sie selbst WEG waren). Und als er die schlenkerigen Arme ausgebreitet hat, um mich zu begrüßen, hab ich so geschwankt, dass ich irgendwie ...

... nun ja ...

... hineingeraten bin.

Frühstücken ging nicht. Schon gar nicht stinknormales GRAUBROT (auch nicht mit Matrix' Marmelade). Eine Weile hab ich nur benommen am Tisch gesessen, vor mich hingestarrt, nichts gegessen und nichts von dem verstanden, was Philipp gesagt hat. Doch dann ist er auf Moritz gekommen und ich hab aufgemerkt.

»Und?«, wollte er wissen. »Was sagst du zu deinem neuen Klassenkameraden?«

Ich hab den Kopf gedreht, meine Augen scharf gestellt und ihn angesehen. »Moritz ist vom Teufel besessen.«

»Er ist – WAS?«, hat Philipp gefragt.

Da, plötzlich, ist mir ganz viel zum Sagen eingefallen und vor lauter Aufregung bin ich wieder aufgesprungen.

»Er ist genau so ein Verräter wie du!«

»Bitte?«

»Hast du ihm bei dem Lied geholfen?«

»Ob ich ...?«

»Habt ihr es Kathrin vorgesungen? Die findet es doch bestimmt bedenklich, was mit deinen Genen los ist. Könnte ja gefährlich für Greta und Ben werden, von wegen unnormal und dergleichen mehr.«

»...?«

»Lore denkt jetzt auch, ich wär was mit -isch.«

»...??«

»Da hört die Nächstenliebe ganz schnell auf.«

»...???«

»Und dass du ein scheißkommerzieller Mainstream-Rocker wirst, find ich genauso bescheuert.«

»STOPP!«, hat Philipp da gerufen. »Stopp, stopp, stopp! Und dann noch mal von vorne, bitte.«

Von vorne, okay.

Von vorne, das war die Sache mit Moritz.

Wir sind auf den Balkon gewechselt, weil Philipp dringend

eine rauchen musste, und ich fand es auch einigermaßen beruhigend draußen, weil der Regen so sanft auf das Scobalit-Dach tropfte und irgendwo auf den Hausdächern eine Amsel sang, und die feuchte Luft duftete wie in einem Kräuterwald (zumindest bis Philipp seine Zigarette angezündet hat).

»Das mit dem Teufel glaubst du nicht wirklich, oder?«, hat er gefragt und dabei eine Wolke Rauch ausgespien. »Nach allem, was ihr beide auf die Beine gestellt habt! Da weißt du natürlich selbst, was für 'n toller Kerl der ist.«

Ich hab einen Stängel Basilikum gepflückt und mir unter die Nase gehalten.

»Klar musste der 'n bisschen die Krallen ausfahren nach dem Desaster in seiner letzten Schule. Teufelskrallen, harrrgh!«

Philipp hat mir mit der Zigarette zwischen den Fingern vor dem Gesicht rumgefuchtelt und ich hab das Basilikum um einen Zweig Petersilie ergänzt.

»Hab ich immer zu ihm gesagt: Krallen raus und Zähne auseinander! Der Welt zeigen, wer man ist!«

Thymian. Zwei Zweige.

»Weißt du«, hat Philipp gesagt und über die Brüstung geascht, »den Kleinen hatten sie da ganz schön auseinandergenommen. Zum weiß-ich-nicht-wie-vielten Mal. Nur weil er klug ist. Und sich INTERESSIERT. Und weil er vielleicht 'n etwas schräger Vogel ist.«

Zitronenmelisse. Ein Stängel.

»Ich bin sicher, das hat er deinetwegen geschafft. War echt ein Lichtblick für ihn, als er wusste, dass er in deine Klasse kommt. Dass da jemand sein würde, der nicht ins gleiche Horn tutet wie die ganzen Normalos. Und er hat sich so gefreut, als du ihm den Songtext geschrieben hast. [Tiefer Zigarettenzug.] ›Philipp‹, hat er gesagt, ›die Frau hat's echt drauf.‹ [Rauch in dichten Schwaden.] Find ich super von euch, dass ihr das durchgezogen habt. Und so mutig, euer Lied vor alle Mann aufzuführen.«

Rosmarin. Minze. Kerbel.

»Ich hab Moritz auch nicht geholfen, falls du das befürchtest. Oder reingequatscht oder sonst was. Ich wusste nur, dass ihr zusammen ein Lied ausheckt und in der Schule aufführen wollt. Gezeigt hat er mir bloß seinen anderen Kram. Und du glaubst doch wohl nicht auch, dass KATHRIN es zu Ohren gekriegt hat, oder? Ohne dich? Und ohne zu fragen? Das hätte Moritz niemals gebracht! Dem ist heilig, was du sagst, das kannst du mir glauben, Mademoiselle Vogelsang.«

Pimpinelle. Dill. Estragon.

»Anouk? Was steckst'n du den Kopf so in das ganze Grünzeugs? Gibt doch keinen Grund, hinterm Berg zu halten, dass man gut mit jemandem kann. Auch wenn sich's manchmal ganz schön verteufelt anfühlt, hab ich recht?«

»Es stinkt«, hab ich geflüstert.

»Hm? – Oh.« Philipp hat gelacht. Dann hat er seine Zigarette im Balkonkasten ausgedrückt.

Danach ist ihm das Lachen allerdings vergangen. Als ich ihn nämlich gefragt hab, ob IHM heilig ist, was ER so sagt (beziehungsweise NICHT sagt). Zum Beispiel zu der Person, mit der ER gut kann. Zum Beispiel über seinen *Samen*. Oder über seine Freundefrauen. Oder über die *Frucht,* die genau dieser Samen genau diesen Freundefrauen mal gebracht hat und die zufälligerweise immer noch lebt (also die Frucht [wenn auch auf unnormale Weise]). Und die nicht weiß, warum jemand, der bei ihrer Einschulung war und zweimal im Urlaub und fast jedes Jahr mit ihr Weihnachten gefeiert hat, diese Frucht VERSCHWEIGT, sobald eine Frau mit Beinen, Busen und einer stylishen Frisur auftaucht und seine Heirats- und Kinderkriegefrau werden will.

»Hast du das wirklich geglaubt?«, hat er ganz entsetzt gefragt. »Dass ich dich vor Kathrin verheimlichen will?«

Ich hab das Kinn vorgereckt. »Sie wusste nicht, wer ich bin. Neulich, im Treppenhaus.«

»Frauen, Mann!« Philipp hat sein Tabakpäckchen geöffnet und sich eine neue Zigarette gedreht. »Ich wollte euch GANZ IN RUHE miteinander bekannt machen, okay? Sie und dich und deine Mütter. Ich hatte Kathrin noch nichts von dir gesagt, weil sie so ungeduldig ist. Und so familienbesessen. Und weil mir gerade sowieso alles viel zu schnell geht. Da kriege ich Panik, verstehst du? Schweißausbrüche, Fluchtgedanken, Paranoia! Denk doch mal an die Sache mit der Heiraterei, bei der Kathrin JA geschrien hat, bevor ich sie überhaupt fragen konnte. Was glaubst du, wie sie da erst auf ein Kind abfährt, das zwar nicht direkt meins ist, aber irgendwie doch? Ich will dir mal was sagen: Seit sie nach deinem ... öhm ... kleinen Auftritt begriffen hat, wer du bist, drängelt sie nach dir. Gestern hat sie sogar gefragt, ob wir dich nicht irgendwie adoptieren könnten, und dann wären wir alle vier deine Eltern. Der pure Stress.«

Eine kleine Flamme ist aus seinem Feuerzeug hochgeschnellt.

Ich hab ihm gesagt, wenn er so weitermachen würde mit dem Rauchen, würde er UNFRUCHTBAR, und dann brauche Kathrin vielleicht auch einen Samenspender für Greta und Ben oder er müsse mich wirklich adoptieren. Vorausgesetzt, ich sei damit einverstanden, und da solle er sich ja nicht so sicher sein, unter den gegebenen Umständen.

»Dammit!«, hat Philipp gerufen. »Wer sind eigentlich Greta und Ben?«

»Deine Tochter und dein Sohn«, hab ich erklärt. »Falls du es schaffst aufzuhören. Mit dem Rock 'n' Roll hat es ja schon geklappt und jetzt wirst du reich und berühmt und katholisch.«

»Lieblings-Anouk!«, hat Philipp gestöhnt und die Zigarette kopfüber in den Balkonkasten gesteckt. »Du hast echt einen an der Waffel.«

Womit er mir das Stichwort geliefert hat. Weil ich nun doch Hunger bekommen hab, wenngleich nicht unbedingt auf den Kräuterstrauß in meiner Hand und immer noch nicht auf Graubrot. Also sind wir zurück in die Küche gegangen, wo ich einen Waffelteig nach Matrix' Rezept angerührt hab, und während ich uns mit dem belgischen Eisen Brombeerwaffeln mit Schmand gebacken hab, hat Philipp mir die Sache mit *Gryphos* erklärt. Und dass eine Band, um ein Album rauszubringen, noch lange nicht *scheißkommerziell* werden muss, vor allem, wenn sie nach mehr als hundertfünfzig Konzerten und über fünftausend Fanklicks immer noch keinen Plattenvertrag hat. Das Ganze nennt sich *Crowdfunding* (was laut Google-Übersetzer *Crowdfunding* heißt) und es hat was mit Spenden zu tun und Selbermachen und ergibt ein Album ohne Label. So ähnlich wie ein Kind ohne Vater, das zwei Mütter sich machen, obwohl sie keinen Penis haben.

Total independent.

»Darum die *Raumzeit*?«, hab ich gefragt und die Reste aus der Teigschüssel gekratzt. »Und darum die Überraschung?«

»Aus der ja nichts geworden ist«, hat Philipp geknurrt. »Ich verkneif mir seit Monaten, dir davon zu erzählen, und dann vergess ich, Moritz zu sagen, dass er nichts verraten darf. Allerdings gibt es Stress mit dem Presswerk, und wir sind dermaßen in Verzögerung, dass ich fürchte, wir feiern Releasing ohne Release und müssen doppelt Bier ausgeben. So ist es wenigstens noch eine Überraschung, WANN die CD fertig wird.«

Ich musste kichern (aber nicht schadenfroh).

Und ich hab gedacht, dass einer wie Philipp alles Mögliche sein kann, ein Samenspender oder ein Vater oder ganz was anderes. Bei P. *weiß man schließlich nie,* ganz besonders bei P.n.K.!

Aber eins ist bei ihm sicher: Ein Rocker wird er immer bleiben. Ganz egal, was passiert. Und dass ich diesen bekloppten *Samenspenderrockervater* wieder lieb haben will, ist auch sicher, denn einen anderen hab ich nun mal nicht auf der Welt.

»Lieblings-Philipp!«, hab ich gesagt, den gebackenen Teigklecks mit der Gabel aus dem Eisen gefischt und ihm vor die Nase gehalten. »DU hast echt einen an der Waffel.«

Dann haben wir gefrühstückt. Es war sehr lecker.

Das also war gestern, angefangen bei vorgestern, wenn man (weil das eher unpraktisch ist) nicht bis zum Urknall zurückgehen möchte. Jetzt ist heute, und auch heute ist vorbei, weil es schon nach Mitternacht ist.

Ich bin aber noch nicht fertig (und dabei hab ich den ganzen Tag nichts anderes gemacht als Erinnern und Denken und Tippen). Denn manches kann man erst hinschreiben, wenn es Nacht und leise und dunkel ist.

Zum Beispiel das hier:

Ich war wieder nicht in der Schule, weil MaMi am Morgen meinte, aller guten Dinge seien drei, sogar beim Schwänzen, und Matrix hat gesagt, Freitag sei ja sowieso schon fast Wochenende, aber am Montag wolle sie von Gespensterbauchschmerzen und Geishas und dem ganzen Geschwätz nichts mehr hören.

Ich hab gesagt: *Top, der Handel gilt!,* denn sonst müsse ich den *Mr. Cox* machen und mich verdoppeln, um alles aufzuschreiben, bevor ich's vergesse und neu erfinden muss, und dann wäre wieder alles anders.

OBWOHL!, hab ich mitten im Sprechen gedacht.

(Jetzt kommt's.)

Vielleicht ist das sogar IMMER so. Wenn man was schreibt. Oder jemandem was erzählt. Und auch sonst, wenn man einfach nur nachdenkt, was so los ist bei einem im Leben: dass man die Dinge neu erfindet. Und dass sie sich dadurch verwandeln.

»Das kann ja heiter werden in Zukunft«, hat MaMi geseufzt. »Was meinst du, Beatrix, vielleicht sollten wir doch mal schauen, ob wir Anouk dieses Spiel –«

»Himmel, Arsch und Zwirn!«, hat Matrix gerufen. »Ich weiß gar nicht, wer hier am meisten spinnt.«

Aber das war mir egal. Denn ich hab den Gedanken so schön gefunden (auch wenn er ganz bestimmt unnormal war). Und ich grüble schon den ganzen Tag darüber:

- Dass alles immer erfunden ist. Weil wir uns bei allem, was passiert, was Komisches denken. Und weil wir alle was anderes wollen. Und weil wir verschiedene Wörter benutzen.
- Dass darum der eine von uns vielleicht was ganz anderes sagt als der andere, obwohl er dasselbe meint. Oder dass er was anderes meint, obwohl er dasselbe sagt.
- Und dass wir darum nicht so fürchterlich sauer sein müssen, wenn einer mal was Falsches macht. Weil FALSCH vielleicht nur unser eigenes Wort dafür ist und der andere findet es RICHTIG oder GUT oder REBELLISCH.

Wobei.

Das soll nicht heißen, dass ich NICHT mehr sauer bin. Also, auf Moritz. Er hat sich sehr fies verhalten. Er hat getrickst und gelogen und mir meine einzige Freundin vergrault. Und alles darf man nun auch wieder nicht. Ich weiß zwar, ich HAB ein Unnormal-Gen, und ich weiß, ich BIN mehr der Typ Motte, und ich KANN gute Songtexte schreiben, und ich LIEBE Metal und Underground (und es ist mir ganz egal, wenn das eine Gewohnheitsliebe ist, denn Liebe ist Liebe), und eine, die sich hinter ihren Haaren versteckt, sobald sie nur ein -isch-Wort hört, kann ich als Freundin gar nicht GEBRAUCHEN (auch wenn sie vorher so nett zu mir war [ach!]), und es FEHLT mir, dass jemand mich *Vogelfrau* nennt, besonders, wenn er selbst ein *schräger Vogel* ist, und ich bin FROH, für jemanden ein Lichtblick zu sein …

aber …

…

Jetzt weiß ich nicht mehr, was ich schreiben wollte. Ich weiß auch nicht, ob ich WIRKLICH noch sauer bin. Ich kann nicht mehr denken. Es ist morgen, obwohl es noch heute ist, meine Zuckerperlensterne sind alle aufgelutscht, und die Zeit macht seltsame Sachen. Sie dreht wie ein Schraubenzieher an den Wörtern in meinem Kopf.

Alles geht rückwärts.

Die Buchstaben bewegen sich falsch rum.

Chi heg tztej sni Tteb.

## Samstag, der 8. September
### (Der Tag, an dem nichts passiert ist)

Ich hab bis kurz vor eins geschlafen. Als ich aufgewacht bin, hab ich gemerkt, dass mein Bauch wieder gesund ist (also: inwärts). Ich hab geduscht und mich geschminkt. Es ist ziemlich gut geworden, darum hab ich's draufgelassen.

Ich weiß nur nicht, was ich jetzt machen soll, schön, wie ich bin. Mal gucken, was passiert.

## Sonntag, der 9. September
### (Der Tag der eingeschlagenen Köpfe)

Was gestern noch passiert ist, war: nichts. Außer dass ich mir *Per Anhalter durch die Galaxis* aus dem Wohnzimmer geholt und 154 Seiten gelesen hab. In der Galaxis war allerdings eine Menge los.

Was heute passiert ist, war: viel. Was daran gelegen hat, dass mich meine Mütter nach dem Frühstück dazu verdonnert haben, endlich mal wieder nach draußen zu gehen und mich mehr als drei Schritte zu *bewegen.*

»Sonst wirst du wirklich noch krank«, hat MaMi gesagt.

(Es war also eine gesundheitsfördernde Maßnahme.)

»Und nimm das Altglas mit«, hat Matrix hinzugefügt.

(Es war vielleicht auch eine haushaltsfördernde Maßnahme.)

Ich hab mir also meine Filzjacke und die schlabberige Pluderhose nach MaMis Entwurf der *Trinkszene* aus der *Entführung aus dem Serail* (genauer gesagt, meine Jogginghose) über den Schlafanzug gezogen, hab die beiden Plastiktüten genommen, die Matrix mir hingestellt hatte, und bin damit zu den Containern am Ende der Straße geschlappt.

Über mir war wieder so ein Wahnsinnswolkenhimmel, wie es ihn nur im spätesten Spätsommer gibt, der Wind hat meine Hose flattern lassen, und ich muss gestehen, es hat beinahe

Spaß gemacht, die leeren Flaschen und Gläser zu zerdeppern, auch wenn sie natürlich gestunken haben, und in manchen hatte sich sogar schon SCHIMMEL gebildet.

Aber mit jedem *Smash* und jedem Krachen von Glas hab ich mich ein bisschen glücklicher gefühlt.

»Weh dir, Elende!«, hab ich gezischt und eine sehr germanische Honigweinflasche kopfüber in das Einwurfloch geschmissen. Und einer kurvig-gebräunten Olivenölflasche hab ich gedroht: »Gleich bist du feddisch mit -isch!«

»Einwurf werktags von neun bis achtzehn Uhr, *Haremstochter*«, hat da eine Stimme direkt in mein Ohr gesagt.

Es war eine Stimme, die ich sehr gut gekannt hab. Und ich bin so heftig herumgefahren, dass der Stimmenbesitzer und ich volle Lotte mit den Köpfen zusammengedonnert sind.

***Bewundern Sie nur<br>die unnormale Eleganz der Anouk Vogelsang,<br>gekleidet in ihre osmanischen Beinkleider,<br>behängt mit zwei wohlriechenden Plastiktüten<br>und gezeichnet mit einer sanft gewölbten Beule<br>auf ihrer mondgleichen Stirn!***

»Moritz!«, hab ich geächzt, als ich wieder was anderes sehen konnte als Sternchen. »Was – tust – du – hier?«

»Dasselbe wie du«, hat er gesagt und vorsichtig sein Auge betastet, das halb unter einem rötlichen Lid verschwunden ist. »Warten, dass der Schmerz aufhört.«

Also hab ich ihn mit nach Hause genommen, wo Matrix uns schweigend zwei Coldpacks gereicht hat.

MaMi hat gejammert und gemeint, es sollte ein HEILSAMES Frischlufterlebnis sein, keine brutale Schlägerei, aber da hat Matrix gesagt, alles halb so wild, es sei ja niemand umgekommen, und sie (genauer gesagt, MaMi) solle ihr doch bitte noch mal die Stoffproben zeigen, die sie gestern aus der Näherei mitgebracht habe. Dann hat sie eine Bewegung mit der Hand gemacht und …

Paff!

… schon waren sie im Arbeitszimmer verschwunden und Moritz und ich haben allein dagestanden.

»Woher wusstest du, dass du mich treffen würdest?«, hab ich ihn gefragt.

Er hat sein Coldpack gelüftet und mich leicht verquollen angegrinst. »Ich kann gut Mathe«, hat er gesagt.

Und dann hat er mir erklärt, wie leicht er sich mit ein paar Gleichungen und Unbekannten hatte ausrechnen können, wann ich

a) wieder ansprechbar sein würde und es

b) nicht mehr in meiner Bude aushalten würde,

damit er sich bei mir entschuldigen könne, weil er VIELLEICHT einen Fehler gemacht habe (wenn auch nur praktisch, nicht theoretisch).

»Punktabzug, *Mister S-piekman*«, hab ich gesagt und eine winzige Mehlmotte verscheucht, die sich in den Flur verflogen hatte. »In meiner Bude hab ich es noch sehr gut ausgehalten. Es war nur eine Maßnahme.«

Was sich über Moritz' Besuch sagen lässt:

1. Wir haben uns nicht gestritten außer zweimal (Streit 1 ganz am Anfang, Streit 2 zwischendurch), als es nämlich (logisch, warum sonst!) um das geistige Eigentum anderer Leute ging. Ich war der Meinung, man dürfe sich nie, NIE, *NIEMALS* an den Gedanken von jemandem vergreifen, weil das fast so sei, als würde man sich die Person SELBER nehmen und einfach für seinen eigenen Kram benutzen (egal, was sie davon hält).
   Moritz sagte, »ja, im Prinzip richtig«, aber es gebe EINE Ausnahme. Und zwar, wenn man den *eigenen Kram* nicht als SEINEN eigenen Kram benutzen würde (oder nur zum Teil), sondern für die bestohlene Person, weil die ihrem geistigen Eigentum nämlich überhaupt nicht TRAUE, obwohl sie vielleicht irgendwo tief in sich drin wisse, wie schön es sei und fast so was wie sie selbst.
   Das Irgendwo-tief-in-sich-drin-Wissen reiche aber nicht, und weil das Misstrauen nun mal viel größer sei, verstecke die Person das *Eigentum* eben da unten und TUE so, als wär in ihr was ganz anderes beziehungsweise als wär SIE wer ganz anderes, weil sie dem, der sie gar nicht ist, komischerweise viel MEHR traue.
   Und weil ich leider das Gefühl hatte, da könne was dran sein, hab ich mich aufgeregt und geru-

fen, schön und gut, aber das sei überhaupt kein Grund für geistigen Diebstahl, und es sei immer nur ein Vorwand, wenn man sage, man würde was für jemand anderen machen und nicht für sich selbst (es sei denn, man sei katholisch und barmherzig und nächstenlieb [was man von ihm, Moritz Spiekmann, ja nicht gerade behaupten könne]).
Und so ist es gekommen mit den beiden Streits. Sie waren aber nur kurz und nicht lauter, als wenn man bei einem Metal-Lied mitshoutet (wir brauchten noch nicht mal Ohropax).

2. Sonst haben wir uns sehr nett unterhalten, zum Beispiel über den Weltuntergang, über Cupcakes (Moritz hatte noch eine Zuckerperle gefunden) und darüber, dass Pietschi (zumindest laut Aussage desjenigen von uns, der in den letzten Tagen NICHT zu Hause geblieben ist) vor allen Lehrern mit unserem *leidenschaftlichen Referat* angegeben hat und wir in der Schule nun quasi so etwas wie zwei Künstler-Berühmtheiten darstellen.
3. Moritz hat meine CD-Sammlung durchgeguckt. Ich hab ihm zwei *Dream Theater*-Alben geliehen, die er selbst nicht hat.
4. Er wollte wissen, was ich außer verbotenen Songtexten sonst noch so schreibe. Ich hab gesagt, das gehe ihn nichts an (Streit Nummer 2), aber er hat bei allen Teufeln geschworen, dass er

sich nie, NIE, *NIEMALS* mehr unerlaubt an meinem geistigen Eigentum vergreifen würde. Und da hab ich den Laptop aufgeklappt und ihm ein bisschen was aus meinen Memoiren vorgelesen. Also, nur Stellen, an denen niemand außer mir selber vorkommt (es sind nicht sehr viele).
Er hat gemocht, was ich über Wörterfreunde geschrieben hab, und gefragt, ob ich wirklich meine besten Freunde, die Wörter, vor meinen weniger guten Freunden, den Menschen, geheim halten will, wenn die Wörter ihrerseits doch sowieso immer bei mir sind.
Ich hab keine Antwort gewusst.

5. Moritz hat mir das Spiel installiert, was keine fünf Minuten gedauert hat. (Ich hatte irgendwas vergessen, ein *Update* oder so [wofür der Google-Übersetzer übrigens drei Substantive und zwei Verben kennt].) Er hat mir auch das Fotoprogramm erklärt und das Filmprogramm und das Musikprogramm und gesagt, mein Rechner, also, der sei zwar nicht mehr unbedingt der neueste, dafür aber ein echt gutes Teil, und Hut ab vor meiner Mutter (genauer gesagt, MaMi), dass sie mir den einfach so abgetreten habe. Entschuldige, Steinzeit-Laptop! Ich hab dir unrecht getan.
Jetzt läuft das Spiel jedenfalls 1A, aber ich bin noch nicht dazu gekommen, es auszuprobieren.

Weil.

Das muss ich jetzt unbedingt auch noch aufschreiben. Vielleicht kapiere ich dann besser, was es eigentlich war und warum mir jetzt nicht nur die Beule auf der Stirn wehtut, sondern auch noch die Wange kribbelt und die Haut um die kribbelige Stelle herum sich ganz taub anfühlt.

Moritz hat zu Hause angerufen und Bescheid gesagt, dass er mit uns zu Mittag isst (Pizza mit Tomaten und Rucola), und hinterher haben wir noch ein kleines Spaßvideo mit der Web-Cam gedreht. (Mit meiner! Ich hab nämlich eine.)

Aber dann musste er aufbrechen, weil er nämlich um 17 Uhr mit seiner Oma in die Oper gehen wollte (also, ER wollte mit IHR in die Oper, ob das auch andersrum gilt, weiß man nicht).

Und als er schon fast aus meinem Zimmer raus war, hat er gesagt: »Ach ja«, und ist stehen geblieben.

»Was, ach ja?«, hab ich gefragt.

»Fast hätte ich's vergessen.«

Er hat die Tür noch mal zugemacht. Dann hat er die Hand in die Hosentasche gesteckt und ein Plektron rausgezogen. Es war rot. Es ist mir bekannt vorgekommen und mein Herz hat sich bei seinem Anblick ein bisschen erschreckt.

»Was hättest du fast vergessen?«

BummBumm.

BummBumm.

BummBumm.

»Du weißt ja, ich sammle Autogramme«, hat Moritz gesagt. »Wenn ich bei Konzerten bin. Oder auch sonst, wenn ich irgendwas toll finde, das jemand so macht. Manchmal schreib ich eine Fan-E-Mail an eine Band und dann schicken sie mir ein Plektron oder eine Autogrammkarte.«

»Und was hat das mit mir zu tun?«, hab ich gefragt. »Das ist doch dein eigenes Plektron. Ich kann nicht Gitarre spielen, ich kann nicht mal richtig Noten lesen.«

»Es war DEIN Lied«, hat Moritz gesagt. »Und DEIN Konzert. Du hast nur nicht gewusst, dass du es geben musst, darum hab ich's für dich gemacht. Das musst du mir glauben, Vogelfrau, auch wenn ich nicht katholisch bin.«

BummBumm.

BummBumm.

BummBumm.

»Ich bin auch nicht katholisch«, hab ich geflüstert. »Ich bin nur aus Versehen beim Gieselmännchen.«

Moritz hat gegrinst. Sein Augenlid hatte sich von rötlich zu rot-blau verfärbt – und sein Grinsen hat sehr diabolisch ausgesehen.

Dann hat er wieder in seine Hosentasche gegriffen und einen Mini-Edding herausgezogen. »Und?«

Ich bin einen Schritt näher gekommen. Moritz hat mir das Plektron hingehalten. Ich hab es genommen und in meine Hand gelegt.

Moritz ist auch einen Schritt näher gekommen und hat den Edding für mich geöffnet.

Ich hab den Edding genommen und wir haben uns über meine Handfläche gebeugt.

Und während ich ein bisschen krakelig meinen Namen auf das Plektron geschrieben hab, sind wir wieder mit den Köpfen zusammengestoßen.

Diesmal nur ganz leicht, Nase (Moritz') an Wange (meine).

Aber mir ist es noch viel stärker vorgekommen als beim ersten Mal und das Kribbeln hört immer noch nicht auf und ich weiß kein richtiges Wort dafür.

Eben, nach dem Abendessen, hab ich mit meinen Müttern die Nachrichten geguckt, und es war sehr apokalyptisch (Rohheit, Rassisten, Redenschwinger). MaMi hat ein bisschen geweint und gesagt, diese Welt brauche dringend Leute mit neuen Ideen und liebenden Herzen, und als sie fertig geweint hatte, hat sie gefragt, ob Matrix und ich Lust auf eine Runde Skat hätten.

Ich hatte aber keine Lust. (Schon wieder nicht, entschuldige, MaMi!) Ich wollte viel lieber in meinem Zimmer sitzen und nachdenken und mir vorstellen, wie es sein wird, morgen wieder in die Schule zu gehen.

Mit Moritz.

Und mit Lore und all den anderen.

»Wichtige Dinge im Kopf?«, hat Matrix gefragt und MaMi über die *Vanilla planifolia* hinweg zugelächelt. »In Sachen Memoiren?«

Es war mir sehr peinlich.

»Moritz hat mir das Spiel installiert«, hab ich darum gesagt (was nicht gelogen war, nur vielleicht keine sehr präzise Antwort auf ihre Frage). »Es läuft jetzt.«

»Ach so.« Matrix hat fast ein bisschen enttäuscht ausgesehen. Aber da hat MaMi zu ihr zurückgelächelt, diesmal mitten durch die *Vanilla* hindurch, und sie (also Matrix) hat gesagt: »Na, dann viel Spaß.«

Daraufhin hat MaMi bei Philipp angerufen und Matrix und sich auf ein Stündchen zum Kartenspielen eingeladen (Doppelkopf [wegen Kathrin]), sie würden auch Reste von der Rucola-Pizza mitbringen, und beim Verabschieden hat Matrix mich ganz sanft auf meine Beule geküsst und über meine kribbelig-taube Wange gestrichen und gesagt, wenn sie wiederkämen, wäre das SPIEL aber aus und ich würde tief und fest schlafen … SONST!

Jetzt bin ich also allein.

Ich überlege, ob ich eine *Liste* schreiben soll (Liste 5), damit ich nicht vergesse, woran ich morgen in der Schule denken muss.

So was wie:

1. Keine Angst vor Wörtern mit -isch haben, weil die alles Mögliche heißen können (siehe Mittwoch, der 22. August), und außerdem bin ich noch lange nicht *locker über zwanzig.* (Die anderen auch nicht, übrigens.)
2. Nicht denken, O NEIN!, wenn Moritz was zu mir sagt und die anderen es hören können. Oder wenn sie sehen, wie er zwanzig Mal pro Stunde seine Rutschesocken in den Klettverschlussstiefeln hochzieht, und danach packt er ohne Händewaschen sein Wurstbrot aus.
3. Nicht schämen, weil jetzt alle wissen, dass ich das Unnormal-Gen hab. *You're not alone. So never be afraid. We are the cold and beautiful.* (Notfalls immer wieder grummeln [leise].)

4. Nicht traurig sein wegen Lore.
5. Nicht traurig sein wegen Lore.
6. Nicht traurig sein wegen Lore.
7. Nicht traurig sein wegen Lore.
8. Nicht traurig sein wegen Lore.
9. Nicht traurig sein wegen Lore.
10. Nicht traurig sein wegen Lore.

Und so weiter.

Aber ich glaub, ich lasse es lieber mit der Liste. Schließlich hab ich das Unnormal-Gen und Leute mit Unnormal-Gen sollten von Listen ihre Finger fernhalten. So viel hab ich inzwischen mitbekommen.

*Hell yeah!*

## Montag, der 10. September
### (Der Tag der vielen Haare)

In der Schule ist alles gut gegangen.

Keiner hat mir irgendwas zugerufen.

Keiner hat Wörter mit -isch benutzt. (Okay, das stimmt nicht ganz. Es gibt ja viele, besonders in Mathe und den Naturwissenschaften, wie mir aufgefallen ist. [Ich habe elf neue notiert.] Aber eben nicht SO. Nicht fies. Und auch nicht das eine. Vielleicht hat irgendjemand eine Strafe verhängt, falls es in der 8b noch mal *sinnentfremdet* verwendet wird, vielleicht hatten sie es nach fünfzig Mal brüllen auch schon über. Geht ja manchmal schnell.)

Dafür hat Mia irgendwas mit -iebt getuschelt, als ich vor dem Klassenraum angekommen bin und mich sofort zu Moritz gestellt hab. Und zwar zu Frederike und Lore, und sie hat dabei so laut mit den Augen geklimpert wie eine Animefigur in einem Zeichentrickfilm.

Was es heißen sollte, ist mir aber egal. Ich bin mir nämlich nicht GANZ sicher, ob es wirklich ein Wort mit -iebt war. Es kann genauso gut eins mit -iept gewesen sein oder -ibt oder -ipt, und bis ich da was Passendes gefunden hab, kann ich seitenweise Wörter auflisten.

Apropos.

Pietschi hat in Deutsch gesagt, wenn wir mit der Grammatikwiederholungseinheit fertig seien, würden wir alle mal selber was schreiben, um aus eigener Anschauung die Freude des *literarischen Schaffens* zu erleben.

»Manche Leute in der Klasse haben damit ja bereits erste Erfahrungen gemacht«, hat er gesagt und mich angestrahlt.

Alle haben zu mir geguckt. Es war mir zuerst etwas peinlich, aber dann hab ich daran gedacht, dass die *Wörter* meine besten Freunde sind und mich nie im Stich lassen, und ich hab nicht weggeguckt, sondern Pietschi, meinem alten Menschenfreund, zugenickt.

Danach haben wir den Konjunktiv II gelernt (beziehungsweise wiedergelernt), mit dem man alles Irrationale ausdrücken kann, zum Beispiel seine geheimsten Wünsche und Hoffnungen, ohne zu behaupten, dass sie der Wahrheit entsprechen (wäre, hätte, ginge ... [wusste ich aber schon]).

Wegen Lore war ich nicht traurig. Immer, wenn ich zu ihr geguckt hab, waren da nur Haare. Kein Schmetterling, kein barmherziges Gesicht, kein nix. Wieso soll man wegen lauter Haaren traurig sein?

## Dienstag, der 11. September
(Der Tag der nassen Augen)

Heute, in der ersten Pause, hab ich mich mit Moritz zum Eiswagen geschlichen. Beziehungsweise zum äußersten Rand des Schulgeländes (und einen Schritt darüber hinaus), wo immer der Eiswagen steht, WENN er da steht, aber das hat er heute nicht getan. Er hat auch nirgendwo anders gestanden, und wenn man ehrlich zu sich selbst war, musste man zugeben, dass man mit ihm vielleicht auch nicht mehr rechnen konnte. Was daran gelegen hat, dass es genieselt hat und stürmisch war, und ziemlich kühl war es außerdem. Trotzdem war ich enttäuscht, weil, Eiswagen, das ist so was, das man mit jemandem zusammen macht, und ich hatte extra Geld mitgenommen. (Danke, Matrix!)

Doch da hat Moritz gemeint, er habe sowieso mehr Lust auf heißen Kakao, und als ich eingewandt hab, der Kakao aus dem Pausenhallenautomaten schmecke wie Kuhpisse, hat er nur teuflisch gegrinst, mit seinem grünblauen Auge gezwinkert und eine Bewegung mit dem Finger gemacht, und im nächsten Moment haben wir auch schon auf meinem Rad gesessen (ich auf dem Sattel, Moritz auf dem Gepäckträger) und haben uns den Wind in den Rücken blasen lassen. Und noch einen Augenblick später haben wir in der Bäckerei hinter der Erlöserkirche an einem Stehtisch gestanden, heiße Schokolade mit Schlagsahne getrunken und Wetten darüber abgeschlossen, ob die *Gryphos*-CD bis zum Konzert nächste Woche wohl fertig würde.

(Ich hab gewettet: nein, und Moritz hat gewettet: nein. [Wenn wir recht haben und beide gewinnen, muss Philipp die Wettgebühren übernehmen.])

Es war sehr geheim und sehr verboten und sehr gemütlich. Der Kakao war teurer als Eis (ob nun in der wahren Waffel oder nicht), sodass wir zusammenschmeißen mussten. Und damit wir in Zukunft nicht völlig pleitegehen, hat Moritz sich auf den Vorschlag der Bäckereiverkäuferin hin eine Karte zum Treuepunktesammeln erstellen lassen (obwohl er ihr dabei grimmig erklärt hat, dass sie uns damit erst recht das Geld aus der Tasche ziehen wolle [wegen des *scheißkapitalistischen* Hingehdrucks].)

Ich hab das so schön gefunden und gedacht, einer wie Moritz Spiekmann, der würde sich von nix und niemandem irgendeinen Hingehdruck einreden lassen, wenn er nicht sowieso hingehen WOLLTE. Das ist zwar Konjunktiv II, aber eine total reale Tatsache.

Nach all dem bin ich zu spät zum Gieselmännchen gekommen (total außer Atem vom Gegen-den-Wind-Fahren). Es waren zwar nur fünf Minuten, aber das Gieselmännchen war trotzdem ganz aufgelöst und panisch und wär mir fast um den Hals gefallen, als ich in die Klasse geschlüpft bin.

»Anouk, da bist du ja!«, hat sie gerufen. »Mein Gott, ich dachte schon –«

WAS sie schon dachte, hab ich nicht erfahren, vermute aber, es hatte irgendwas mit meiner plötzlichen Erkrankung in der letzten Woche zu tun und damit, was Pietschi im Lehrerzimmer so über mich erzählt haben mag. Jedenfalls war das Gieselmännchen sehr barmherzig zu mir und hat kein bisschen geschimpft wegen meiner Verspätung. Ich hatte das Gefühl, sie glaubt wirklich an den ganzen katholischen Kram, von dem sie immer erzählt, und hab mir vorgenommen, diese Stunde mal nicht *die grundlegendsten Annahmen infrage zu stellen,* sondern einfach so zu tun, als befänden wir uns in einer sehr alten Fantasywelt, in der es von Göttern und Dämonen nur so wimmelt. Was im Grunde nicht mehr verlangt, als einen Text vom Konjunktiv in den Indikativ umzuschreiben.

Trotzdem konnte ich mich nicht am Unterricht beteiligen (neues Thema: *Buße und Umkehr).*

Denn als ich mich auf meinen Platz gesetzt hab, hat neben mir ja Lore gesessen, und bevor sie ihre Haare zwischen uns auffächern konnte, hab ich gesehen, dass sie ganz nasse Augen hatte (warum, weiß ich nicht). Und weil ich ihretwegen nun wirklich nicht auch noch traurig werden wollte, hab ich mich wie gewohnt auf dem Tisch schlafen gelegt und geträumt, ich würde eine Straße entlanglaufen, die nur aus Wörtern bestand (auch die Leute, die Autos und die Laternen und sogar die Hundehaufen im Rinnstein, was praktisch war, weil sie nicht stanken).

PS: In Musik war das nächste Referat dran, von der strunzdummen Sophie und von der mittelklugen Angelina über YouTuber. Es war nicht besonders gut und nicht besonders schlecht. Sie haben eine Drei plus bekommen.

## Mittwoch, der 12. September
### (Der Tag, an dem ich traurig bin)

Also gut. Ich BIN traurig wegen Lore. Wahnsinnig traurig. Mehr kann ich dazu nicht sagen.

PS: Nachmittags war ich bei Moritz, aber das gehört hier gerade nicht rein.

PPS: Okay, es war ... WOW.

PPPS: Ich bin trotzdem traurig.

## Donnerstag, der 13. September
(Der Tag der Buße)

Physik ist ausgefallen und wir hatten Vertretung bei Schmidt. Und was macht der Mann mit uns?

Lässt er uns Hausaufgaben machen? Spielen wir Spiele? Frühstücken wir oder erzählen uns Witze?

NEIN, wir machen Unterricht.

Beziehungsweise: Wir machen eine Extrastunde in *verbal communication.* Was bedeutet, dass man sich der Reihe nach auf Englisch mit Schmidt unterhalten darf, ganz natürlich und locker, als würden wir KEINEN Unterricht machen, sondern nur ein nettes Plauderstündchen miteinander einlegen, was es aber nicht ist, denn es ist sehr schwierig und darum Unterricht hoch drei.

Es stimmt auch darum nicht, weil Schmidt nicht mal nett ist, wenn er nett TUT, sondern NOCH hämischer als sonst, und eigentlich dürfte man sich das Ganze überhaupt nicht gefallen lassen.

Ich war aber ziemlich gut, und als Schmidt (meinem Gedächtnis und dem Google-Übersetzer nach) gesagt hat: »Well, Miss Singing-of-the-birds, I've heard about your remarkable song writing skills in German language. So, what about trying to sing in English language, too, because English songs are even cooler«, hab ich erwidert: »Yes, why not. Perhaps this really cool one: *A B C, one two three. – How are you? – Fine, thank you!*«, und Moritz neben mir hat aufgeheult vor Lachen.

(Sein [also Moritz'] Auge ist jetzt übrigens gelb.)

Aber als ich in Reli (zweite Wochenstunde) neben Lore gesessen hab und ihre Haare zwischen uns gehangen haben wie die Lianen einer Giftpflanze und das Gieselmännchen irgendwas vom Glück der Vergebung erzählt hat, da hab ich mich plötzlich wieder total schlecht gefühlt. Nicht nur, weil ich mich über das Lied vom kleinen Wassermann lustig gemacht hatte, das (obwohl es natürlich beknackt und total uncool ist [sorry, *Mister S-mith!]*) irgendwie ja was mit Lore und mir zu tun hat und außerdem ein Zeichen der Barmherzigkeit und Nächstenliebe darstellt (wegen Lisa). Sondern weil ausgerechnet WIR die Sache mit der Vergebung so gar nicht hinkriegen. Ich hätte einfach nie im Leben gedacht, dass Lore so drauf ist und jemandem übel nimmt, dass er

a) ein Unnormal-Gen hat und

b) zwei Mütter und dass er

c) ein komisches Leben führt.

Und ich hätte NIEIGER als nie gedacht, dass ICH so drauf bin und es jemandem übel nehme, dass er MIR übel nimmt, dass ich – (siehe a bis c).

Denn bis jetzt hab ich mir das ja immer selbst übel genommen. Kann sein, dass ich das jetzt nicht mehr tue. Kann sein, dass ich es inzwischen sogar ganz okay finde, *the blue insane* zu sein. Ändern lässt es sich ja sowieso nicht, ganz egal, wer mich anders haben WILL, als ich bin.

Darum ist die Sache mit der Umkehr auch so kompliziert.

***Bedenken Sie:***
***Am unnormalsten ist Anouk Vogelsang,***
***wenn sie beschließt,***
***von jetzt an und bis in alle Ewigkeit***
***unnormal zu bleiben.***

Immerhin hab ich mich ein BISSCHEN büßig gefühlt, weil ich Lore ja wenigstens nicht auch noch hätte ärgern müssen, und darum hab ich mein Reliheft aufgeschlagen und was für sie reingeschrieben. (Es liegt jetzt hier auf meinem Schreibtisch und ich kann es wortwörtlich abtippen.) Nämlich:

> Tut mir leid wegen dem Lied.

Worauf ein Windstoß durch die Klasse gegangen ist und Lores Haardickicht einen Spaltbreit geöffnet hat.

> Ich hätte das echt nicht von dir gedacht,

hat sie zurückgeschrieben und durch die Haarlücke zu mir her gelugt.

Also hab ich das Heft wieder zu mir rübergezogen und reingekritzelt:

> Vielleicht hätte ich es dir gleich sagen sollen und nicht so tun als ob. Ich mag den kleinen Wassermann einfach nicht. Dein Kreidebild war aber trotzdem schön, und ich find's toll, wie gut Lisa schon Englisch kann.

Lore hat ihre Haare hinter ihr Ohr geklemmt und mich verwundert angeguckt.

Ich rede doch nicht von DEM Lied!
Sondern von deinem und Moritz'. DAS hätte ich nicht von dir gedacht.

Tief in meinem Bauch, südöstlich von meinem Nabel, hat es einen Stich gegeben und so ein kleines krampfiges Gefühl, von dem MaMi beim Mittagessen meinte, es könne mein Eisprung gewesen sein. Aber falls ja, hatte er auf jeden Fall auch was mit Lore zu tun.

Hast du denn wirklich geglaubt, was die anderen alles gerufen haben?,

hab ich geschrieben und gemerkt, in dieser Relistunde werden vielleicht zur Abwechslung mal MEINE Augen nass.

Dass ich automatisch lesbisch bin, nur weil meine Mütter es sind, und dass ich was von dir will, nur weil ich dich nett finde? Das hätte ICH nicht ge-

Lore hat mir das Heft unter den Fingern weggezogen.

Darum geht es doch gar nicht! Ich weiß schon länger, dass du zwei Mütter hast. Mia und Frederike haben es mir erzählt, an dem Tag,

als Moritz' Gitarrenlehrer vor der Schule stand und ich erst dachte, er wäre dein Vater. Sie hatten sogar schon mal vorher zu mir gesagt, ich soll bloß „aufpassen", du wärst bestimmt lesbisch und willst mit mir knutschen oder so was. Mir war das EGAL. Ich dachte nur, wenn es so sein sollte, würdest du mir das schon selber sagen.
NICHT egal ist mir aber, was ich dir über MEINE Eltern erzählt hab. Und ich hätte nicht gedacht, dass du, wenn du schon über solche Sachen schreibst, Moritz dann doch noch den Text gibst, obwohl du selber gesagt hast, er wäre zu privat, um ihn jemandem zu zeigen. Und dass Moritz den Text dann vor allen Leuten singt, auch wenn die anderen vielleicht nicht wissen, was gemeint ist, sondern denken, es ginge die ganze Zeit nur um dich.

Ich hab mitgelesen, während sie geschrieben hat, und dabei nur Bahnhof verstanden. Aber ich hab gesehen, dass Lores sichtbares Auge schon wieder übergeschwappt ist, und als eine Träne auf das Heft gefallen ist (mitten auf ein Du), ist die Tinte von Lores Füller an der Stelle verlaufen, genau wie es in Büchern immer passiert (und zwar nicht nur in Fantasybüchern), und da konnte ich auch nicht mehr an mich halten. Aus lauter Nächstenliebe hab ich mitgetropft, und ein bisschen geschluchzt hab ich auch, worauf auch Lore schluchzen musste.

*Was meinst du damit?,*

hab ich geantwortet.

*Ich hab über nichts geschrieben, was du mir –*

Aber in dem Moment ist das Gieselmännchen an unseren Tisch getreten und hat jeder von uns eine Hand auf die Schulter gelegt.

»Was ist denn mit euch los, Mädchen?«, hat sie ganz lieb gefragt. Als wir nicht geantwortet, sondern nur aufgeheult haben, hat sie hinzugefügt: »Möchtet ihr vielleicht mal kurz rausgehen?«

Und das wollten wir.

Und wir sind für den Rest der Stunde nicht wieder reingegangen, sondern haben uns im Gang eingenistet.

Erst haben wir nur dagestanden und geweint,
dann haben wir auf dem Boden gesessen und
geredet und
zuletzt haben wir auf unseren Jacken gelegen und
uns kaputtgelacht.

Das kam so: Lore hatte wirklich alles missverstanden, was man nur missverstehen konnte. Und ich auch, jedenfalls die Sache mit ihrem Haarvorhang oder dass sie genauso denkt wie Mia und Frederike. Dabei denkt sie ganz anders (und zwar mindestens so unnormal wie ich, aber hallo!).

Sie hatte nämlich ernsthaft geglaubt, ich hätte in meinem Text nicht nur von meinem, sondern auch von IHREM komischen Leben erzählt. Und von IHREN Marotten, zum Beispiel, dass sie immer diese Schmetterlingsspange tragen würde, obwohl die total kitschig sei und babyhaft und oll, aber sie habe sie noch von ihrer Mutter.

Sie dachte auch, es ginge bei den *sämtlichen Müttern,* die *dich heute mal wieder frustrieren und plagen,* um solche Mütter, die ihren Kindern WIRKLICH wehtun, zum Beispiel, weil sie sie einfach verlassen, und bei dem *verleugnenden Vater* um solche Väter, die sich WIRKLICH für andere Frauen interessieren, wie zum Beispiel ihrer. Also Daniel. Weil sie nämlich ziemliche Angst hat, dass er sich früher oder später WOHL mit seiner Freundin (also mit der Freundin, die nicht *seine,* sondern *eine* Freundin ist [und ziemlich blond dazu]) zusammentun könnte, und das hätte ich mir doch eigentlich denken können (was ich aber nicht getan hab), auch wenn er Lisa und sie ganz bestimmt nicht für diese Frau *verleugnen* würde.

»Logisch nicht«, hab ich gesagt. »Dein Vater doch nicht. Wo er sogar dein Fahrrad repariert, wenn es platt ist, und all das. So einer würde euch nicht mal verleugnen, wenn er zehn Blondinen auf einmal am Start hätte.«

Lore hat mich angeguckt, erst ein bisschen erschrocken und dann ein bisschen verlegen und dann ziemlich erleichtert und zuletzt mit diesem Lore-Blick, den ich so lange nicht mehr gesehen hatte. »Ich konnte ja nicht ahnen, dass du Philipp meinst«, hat sie gesagt. »Ich hatte ja gerade erst erfahren, dass du überhaupt keinen Vater HAST, und von einem ... na ja ... Samenspender wusste ich nichts.«

Ich hab gesagt, bei Philipp *wisse man sowieso nie was* und vermutlich sei er es gewesen, der mir das Unnormal-Gen vererbt habe, weshalb es schon mal unlogisch sei, automatisch anzunehmen, ich wäre lesbisch. »Ich glaub, ich bin eher der Typ Rock 'n' Roll«, hab ich gesagt und Lore erklärt, das bedeute, dass man sich in alle möglichen Leute verknalle, Jungs und Mädchen und alle, die eben nett sind und cool und ein kleines bisschen unnormal. Aber man müsse es weiter beobachten, genau wisse man es erst mit locker über zwanzig.

Und da hat Lore auf einmal ganz neugierig ausgesehen. »Wie kommst du darauf?«, hat sie gefragt. »Hast du dich schon mal verknallt?«

»Keine Ahnung«, hab ich geantwortet. »Aber ich hab schon mal jemanden auf den Knöchel geküsst.«

»Junge oder Mädchen?«, hat Lore noch neugieriger gefragt.

»Junge.«

»Wann?«

»Gestern.«

»Wo?«

»In einem Puppenhaus voller Totenköpfe und Fleisch von ermordeten Tieren und anderem Teufelszeug.«

Sie hat mich angeguckt und um ihre Lippen hat es gezuckt. »Und?«, hat sie gefragt. »Wie war's?«

»Bisschen hart und knochig, aber sonst gut. Dem Jungen rutschen immer die Socken runter, und er hat ein sehr enges Zimmer, darum ist es manchmal nicht so leicht, seine Arme und Beine darin unterzubringen, und außerdem stoßen wir in letzter Zeit öfter zusammen, und so ist es halt passiert, mehr aus Versehen. Muss man aber auf jeden Fall mal gemacht haben.«

Das war der Augenblick, in dem wir rückwärts auf unsere Jacken gekippt sind und losgelacht haben. Wir haben geprustet und gekeucht und uns durchgekitzelt und fast bis zum Ende der Relistunde weitergekichert, besonders als das Gieselmännchen einen Blick in den Gang geworfen hat, um nachzugucken, ob wir noch weinen. Als sie gesehen hat, dass wir einen Lachflash hatten, hat sie die Klassentür schnell wieder hinter sich zugemacht, und dann hat uns keiner mehr gestört. Aber zuletzt ist Lore noch was eingefallen und da ist sie wieder ernst geworden.

»Weißt du, an welches Wort mit -isch ich bei deinem Lied gedacht hab?«, hat sie gefragt. »*Psychisch.* Weil, ich geh zwar nicht zu einem Psychiater, aber einmal die Woche zu einer Kinderpsychologin. Wegen der Sache mit meiner Mutter. Findest du das schlimm?«

Ich hab gesagt, das Einzige, was ich schlimm fände, wäre, dass sie ihren Schmetterling nicht mehr trage. Weil der nämlich wunderschön aussehe, auch wenn er ein Tagfalter sei, und er würde zu ihr gehören.

Da hat Lore die Spange aus ihrer Hosentasche genommen und mir entgegengehalten. »Mach du!«, hat sie gesagt.

Ich hab mich aufgerappelt, aber bevor ich ihr den Schmetterling in die Haare stecken konnte, hat er sich aus meiner Hand befreit und ist eine wilde Runde um uns herum geflattert, dass seine Steine nur so im Neonlicht gefunkelt haben.

Jetzt ist es stockdunkel und Matrix hat mich schon dreimal ins Bett geschickt. Ich hab jedes Mal geantwortet, es tue mir schrecklich leid, ich hätte meinen *kreativen Kick* und müsse unbedingt noch was aufschreiben, aber ich glaube, jetzt hab ich das Wichtigste.

Drüben, in MaMis Arbeitszimmer, läuft eine zarte Musik aus einer Oper, von der ich den Namen vergessen hab (ich weiß nur noch, dass ein ägyptisches Kleid mit ihr zusammenhängt, das ich im Kindergarten sehr gerne angezogen hab). Dazu werde ich, glaub ich, gut einschlafen, genau wie Moritz' Oma, wenn sie in die Oper geht.

Gute Nacht, Welt.

Gute Nacht, ihr ganzen verrückten Leute.

Gute Nacht, ich, Anouk.

## Freitag, der 14. September
### (Der Tag, an dem ich keine Zeit hab)

Pietschi hat uns eine freiwillige Schreibaufgabe aufgegeben, nur so zum Reinkommen, und man muss sie nicht vorlesen. *Vom Klang der Wörter.* Kann sein, Pietschi findet Musik immer noch königinnenhafter als Bücher, aber egal. Denn das hat mich auf eine supergute Idee gebracht, und als ich Moritz davon erzählt hab –

*Hell no!*

Ich hab keine Zeit, das jetzt alles zu notieren.

## Sonntag, der 16. September
(Der Tag gestern und der Tag heute)

Beschäftigt.

## Montag, der 17. September
### (Der Tag der geheimen Zusammenarbeit)

In der ersten Pause war ich mit Moritz in der Bäckerei, hab mit ihm Kakao getrunken (fünf Rabattpunkte) und alles durchgesprochen. Nach drei Minuten war der ganze Raum voller Gesumm und Wörter, die sich in den Brötchenduft gemischt haben, und die Bäckereiverkäuferin war irgendwie …

Es lässt sich schwer sagen.

Ich glaube jedenfalls, es ist gut, was wir machen.

In der zweiten Pause hab ich Lore mit ins Boot geholt. Es war ziemlich kompliziert, ihr alles zu erklären, und sie war sich auch nicht sicher wegen Samstag und Metal und all dem, aber das Bild hat sie mir auf alle Fälle versprochen.

Dummerweise müssen wir jetzt zusätzlich zu den Hausaufgaben eine Strafaufgabe in Englisch machen, weil wir über fünfzehn Minuten zu spät zum Unterricht gekommen sind und Schmidt das *really unacceptable* gefunden hat und uns bestimmt auch noch mit dem einen oder anderen Fluch belegt hätte, wenn Moritz ihn nicht mit dem einen oder anderen Satz (die alle sehr gut geklungen haben [ich kann jetzt aber nicht den Google-Übersetzer befragen]) von uns abgelenkt und irgendeinen Gegenzauber angewandt hätte. Mia und Frederike haben die Köpfe zusammengesteckt und getuschelt.

Es war mir aber egal, und ich glaube, Lore auch, obwohl SIE sich natürlich neben die beiden auf ihren Platz der Schönen in der Mitte setzen musste, die Ärmste.

PS: MaMi hat mir erzählt, morgen Abend kommen Philipp und Kathrin zum Essen zu uns. Ausgerechnet!

## Dienstag, der 18. September
### (Der Tag des dritten Referats)

Heute waren Cem, Marvin und Tizian mit *Hip-Hop* dran. Das Referat war echt gut (Note: Zwei plus) und ich hab Cem hinterher im Gang noch ein paar Spezialsachen zu gerappten Texten gefragt. Er war sehr nett, konnte fast jede Frage beantworten und hat sich am Ende bei mir dafür entschuldigt, dass bei meinem eigenen Referat alle so doof zu mir waren.

»Ist schon gut«, hab ich gesagt. »Ich hab ja wirklich das Unnormal-Gen, also vergebe ich euch.«

Und er hat mich *voll korrekt* gefunden.

## Mittwoch, der 19. September
### (Der Tag, nachdem Kathrin da war)

Also, diese KATHRIN!

Sie hat mich *Nouki* genannt, gestern Abend, und mich bestimmt zehn Mal umarmt, dabei kenne ich sie nur von unserem kleinen Satzzeichenkampf und weiß beim besten Willen nicht, was sie an mir findet. Ich für meinen Teil kann nämlich nichts Besonderes an ihr finden, aber wenigstens war sie nicht mehr so schwer von Begriff, und dass ich unnormal bin, scheint sie auch nicht zu stören.

Im Gegenteil.

Hätte ich nicht schon zwei Mütter, würde sie mich auf der Stelle adoptieren, so viel steht fest. Und wenn Philipp was an ihr findet, dürfte es ja reichen.

Als sie allerdings auch noch angefangen hat, vom Heiraten zu reden, wurde es selbst ihm zu viel. Wir haben uns mit dem Nachtisch (weiße Mousse mit Sanddornsoße und frischem Zitronengras vom Balkon) in mein Zimmer abgesetzt, Musik gehört und gequatscht (wobei ich wahnsinnig aufpassen musste [wegen der Überraschung]), während meine Mütter sich um Kathrin und ihre Hochzeitspläne gekümmert haben.

MaMi und Matrix finden sie aber *extrem nett.*

»Die kann einen richtig anstecken mit ihrer Begeisterung«,

hat MaMi hinterher gesagt und mich direkt auch noch mal umarmt.

Sogar Matrix hatte merkwürdig verträumte Augen, und das war mir unheimlich, deshalb bin ich ganz schnell ins Bett gegangen.

PS: Jetzt zurück an die Wörter.

PPS: Es gibt noch viel zu tun. Gleich kommt Moritz vorbei.

PPPS: Noch drei Tage.

## Donnerstag, der 20. September
(Der Tag, an dem es nur noch zwei Tage sind)

Übermorgen.

## Freitag, der 21. September
### (Der Tag, an dem es nur noch ein Tag ist)

Morgen. 😮

## Sonntag, der 23. September
(Der Tag nach Samstag, dem 22. September)

# *Hell yeah!*

Ich weiß gar nicht, wo ich anfangen soll, aber das Problem mit dem Urknall hatte ich ja schon mal, und bestimmt hocke ich auch ohne den ganzen Tag da, um alles aufzuschreiben. (Ich hab meinen Müttern schon gesagt, sie müssten mir alle zwei Stunden was zu essen und zu trinken an den Schreibtisch bringen und dürften mich darüber hinaus keinesfalls stören [sonst bräuchte ich auch noch die Nacht und wäre morgenmuffeliger, als MaMi jemals gewesen sei, und müsste vielleicht sogar wieder die Schule schwänzen], worauf sie nur gesagt haben: »Mach, Kind, aber fass dich kurz!«)

Darum nehm ich jetzt einfach den Morgen als Ausgangspunkt. Genauer gesagt: gestern Morgen. Denn da HAT es ja auch angefangen, und zwar mit dem Telefon.

Es hat geklingelt, als ich gerade unter der Dusche gestanden hab, und Matrix hat mir hinterher ausgerichtet, ich solle Lore zurückrufen. Ich war sehr aufgeregt, weil ich noch nie mit Lore telefoniert hatte und nicht wusste,

ob sie selber drangehen würde
oder ein anderer Pfeifer

und wie es telefontechnisch mit uns beiden klappen würde,

und wie sie sich entschieden hatte, wusste ich natürlich schon mal gar nicht. Es war aber sehr einfach und sehr schön, und das Ergebnis –

Also.

Lisa ist drangegangen und hat mir sofort ein paar neue englische Wörter aufgesagt, die sie in den letzten Tagen gelernt hatte, und außerdem hat sie mir erzählt, heute Nachmittag würde sie mit ihrem Papa und der Freundin-die-nur-*eine*-Freundin-ist-und-nicht-*seine*-Freundin ins Kino gehen, 3-D und mit Limo und Popcorn, aber dann hat Lore ihr das Telefon abgenommen und gesagt, sie habe es sich überlegt, sie komme mit in die *Raumzeit*. Ihr Vater habe ihr schon eine Karte besorgt und ob sie vor dem Konzert bei mir vorbeikommen dürfe, weil ihr Vater und ihre Schwester ... (das wusste ich ja schon).

Vor lauter Glück hab ich mich verschluckt und wäre fast erstickt und hab beim Sprechen gehustet wie irre, aber Lore hat trotzdem verstanden, dass es *Ja, natürlich* heißen sollte.

Um Punkt vier war sie da. Und es war wirklich gut, dass wir bis zum Konzert noch so viel Zeit hatten, denn die erste Stunde hat Lore bloß geguckt. Manchmal hat sie *Oooooh!* gesagt (zum Beispiel, als Matrix ihr den Dschungel im Wohnzimmer Pflanze für Pflanze erklärt hat) oder *Aaaaah!* (zum Beispiel, als MaMi sie in ihr Arbeitszimmer gewinkt hat, um ihr den goldenen Wagner-Wahnsinn zu zeigen) oder *Mmmmmh!* (zum Beispiel, als ich uns ein paar Cracker mit Frischkäse und Matrix' Marmeladen geschmiert hab), und als wir dann in mein

Zimmer gegangen sind, da hat sie komplett geschwiegen. Es war aber ein gutes Schweigen, so eins, das ein Freund war, kein Feind, und es hat gezeigt, dass es Lore gefallen hat bei mir.

Sie hat sich alles ganz genau angesehen:

die Kakteenkrüppel und das Kuschelschaf,
die Stinkesocken und Staubflusen,
den mit Washi-Tape verarzteten Origamikranich
und den Bücherstapel neben meinem Bett,
die CDs, die ich überall mit Philipp verstreut hatte,
und die osmanische Pluderhose ganz oben auf dem
Wäschehaufen,
die Zwetschgenkerne auf meinem Schreibtisch
und den Steinzeit-Laptop, um den herum noch im-
mer ein bisschen Sand verstreut liegt, obwohl er seit
Moritz' Update läuft wie eine alte Holzachterbahn,
ein bisschen ächzend und knarzend, aber so, dass
einem die Ohren flattern.

»Dein Zimmer ist so wie du«, hat Lore schließlich gesagt. »Bunt und gemütlich und ein bisschen verrückt.«

»Ich wohn auch schon seit dreizehn Jahren hier drin«, hab ich gesagt und mir einen Cracker mit dem Pflaumenmus genommen, das Matrix zuletzt gekocht hat. »Wetten, deins wird noch viel bunter und gemütlicher und verrückter?«

Wir haben uns angelächelt und dann haben wir uns gestylt. Lore hatte für den Abend ein kurzes Kleid mit einem tollen blauen Muster dabei, das zwar kein bisschen metalmäßig ausgesehen hat, dafür aber total lorig, und sie war darin so schön, dass ich fast hintenübergekippt bin vor lauter Stolz.

Bei mir war es klamottentechnisch etwas schwieriger, und wir haben ziemlich lange vor meinem Kleiderschrank gestanden und ratlose Gespräche geführt, aber dann hat Lore mit einem Seitenblick vorgeschlagen, ich solle meine schwarze Wildlederhose nach MaMis Modell für die Wolfsschluchtszene aus dem *Freischütz* anziehen, »die sieht richtig teuflisch aus!«

Und ich hab an Moritz gedacht und mich sooo auf ihn gefreut, und da hab ich Lore gefragt, ob wir uns auch schminken wollen.

Sie WOLLTE, und sie war richtig gut darin, obwohl ich sie bis dahin noch nie mit Make-up gesehen hatte. Aber sie hat es einfach raus wie kein anderer, mit Stiften und Pinseln und Kreiden umzugehen (ganz egal, ob auf der Straße oder auf Papier oder im Gesicht), und als wir am Ende vor dem Badezimmerspiegel gestanden und uns betrachtet haben, fand ich sogar mich selbst richtig hübsch mit dem dünnen Strich auf meinen Lidern und der dunklen Wimperntusche.

»Wow!«, hab ich gesagt.

Und: »Wow!«, haben MaMi und Matrix gesagt.

Da haben wir schon beim Abendbrot gesessen und Bratkartoffeln mit frischem Rosmarin vom Balkon gegessen, weil Lore und ich *noch was Ordentliches in den Magen kriegen sollten,* bevor meine Mütter uns in die *Höhle des Löwen* (mit dem [vermutlich] Philipp gemeint war) ziehen lassen würden.

»Obwohl man ja schon fast wieder das Bedürfnis kriegt, auf euch aufzupassen, Mädels«, hat Matrix mit einem prüfenden Blick auf unsere Schönheit gesagt.

Und MaMi wollte wissen, ob Lore schon mal in einem Musikclub gewesen sei und ob sie wisse, wie es dort zugehe.

Lore hat den Kopf geschüttelt und ist ein bisschen rot geworden, und dann hat sie ganz leise gesagt: »Wär doch schön, wenn ihr mitkommen würdet«, und sich schnell eine Bratkartoffel in den Mund gesteckt.

Im ersten Moment hab ich einen Schreck gekriegt, denn natürlich ist es tendenziell peinlich, seine Mütter zum Aufpassen zu einem Konzert mitzunehmen, vor allem, wenn sie von Metal keinen Schimmer haben. Aber dann hab ich gedacht, besser ein bisschen Peinlichkeit als eine Mutter, die in Süddeutschland hockt und nie mehr auf einen aufpassen will, und vielleicht würde sich ja nicht nur Lore freuen, wenn MaMi und Matrix mitkämen, sondern auch Philipp und erst recht seine familientolle KATHRIN.

Und irgendwie ... nun ja ... hab ich es mir auch ziemlich schön vorgestellt, dass meine Mütter dann die *Überraschung* mitkriegen würden. Immerhin sind sie die Liebsten und Besten der Welt und haben ein Recht darauf zu sehen, was für eine tolle Tochter sie haben!

»Anouk?«, hat Matrix gefragt. »Was meinst du?«

»Wenn ihr euch nicht die Ohren zuhaltet«, hab ich geantwortet. »Und ihr müsst wenigstens noch die Teufelshand lernen. Dann kann ich euch meinetwegen mitnehmen.«

Der Erste, den ich in der halb vollen *Raumzeit* entdeckt hab, war Philipp. Er war noch mitten im Soundcheck, hatte in jeder Hand eine E-Gitarre und hat ziemlich hektisch ausgesehen, was

a) daran gelegen haben könnte, dass die CD nicht fertig geworden war (was ich zu diesem Zeitpunkt allerdings nur hoffen konnte) und
b) dass Kathrin auf der engen Bühne zwischen ihm und den anderen Greifen rumgewuselt ist wie ein rotblondes Hündchen, das durch einen Zaubertrick Frauengestalt angenommen hatte (besonders an Beinen und Busen),

und kurz hab ich ernsthaft über ihre Herkunft nachgedacht.

»Philipp!«, hab ich gerufen, und als er mich gesehen hat, leuchtete sein Gesicht im Schummerlicht auf.

»Hey, Mädchen«, hat er geächzt und die Gitarren in den Instrumentenständer gestellt, »ich eile zu dir!«

Er hat einen schlenkerigen Satz von der Bühne gemacht und mich an sich gedrückt. Dann ist er auf Lore aufmerksam geworden und hat einen kleinen Pfiff ausgestoßen.

»Ich hab jemanden mitgebracht«, hab ich gesagt. »Das ist Lore. MaMi und Matrix kommen auch jeden Moment, die haben noch keinen Parkplatz – ach, da sind sie ja.«

Philipp ist herumgefahren, und als er meine Mütter in der Clubtür gesehen hat, hat er reflexartig nach seinem Tabaktütchen getastet.

»Dass ich das noch erleben darf«, hat er gemurmelt. »Miriam und Beatrix ... zusammen ... auf einem Kon-«

Mehr hab ich nicht verstanden, weil ich ohne Vorwarnung in Kathrins Armen verschwunden bin. Es war weich und warm darin, aber ziemlich eng, und ich war froh, dass sie einen Augenblick später mir einem begeisterten Laut zu meinen Müttern weitergewirbelt ist.

Letzten Endes lief es darauf hinaus, dass MaMi und Matrix noch mal mit Kathrin auf den Hof rausgegangen sind (die Kombination hatte sich ja inzwischen schon bewährt), Philipp zurück zu den *Gryphos*-Jungs gehastet ist, um ungestört den Soundcheck zu beenden, und Lore und ich uns nach Moritz umgeguckt haben.

Gefunden haben wir ihn backstage. Natürlich nicht im Umkleideraum der Band, sondern in einem winzigen Kabuff voller Bier- und Colakästen, und ganz hinten in der Ecke, auf dem allerletzten Stapel, hatte er selber einen Kasten abgestellt (genauer gesagt: eine orangefarbene Einkaufskiste [zum Aufklappen und mit Deckel]). Als ich die gesehen hab, bin ich noch viel aufgeregter geworden, und als Moritz mit hellgelbem Auge und einem Grinsen, hinter dem sich ein ganzes Gelege von Totenkopfschwärmern verborgen hat, mit seinen hässlichen Klettverschlussstiefeln auf uns zugestakst kam und »Hallo, Wolf Maid« zu mir gesagt hat, ist mir für einen Moment alles total unwirklich vorgekommen:

- dass wir hier zu dritt gestanden haben
- was wir uns ausgedacht UND wirklich gemacht hatten
- UND dass gleich der Rest der Welt (zumindest der Underground, und auf den kommt es an, wenn's drauf ankommt) davon erfahren würde
- dass ich jemals geglaubt hatte, ich müsste ein normales Leben führen.

Noch hier und jetzt, an meinem Schreibtisch und mit einem Teller Kürbissuppe mit frischem Majoran vom Balkon neben mir, kommt es mir seltsam vor. Und würde nicht alles, alles in meinen Memoiren stehen (nur ein paar Mouseclicks und ein bisschen Nach-oben-Scrollen entfernt), also, all die Listen und Vorsätze und was aus ihnen geworden ist (oder auch nicht) – ich würde es gar nicht glauben.

Und dabei geht es nicht darum, ob wirklich alles haargenau so gewesen ist, wie ich es Tag für Tag in meine Tastatur gehämmert hab. Kann sein, dass ich manchmal ein bisschen übertrieben hab (zum Beispiel, wenn ich wütend war oder traurig oder so froh, dass ich mit meinem Laptop unter der Zimmerdecke geschwebt hab [okay, das war jetzt auch so eine Übertreibung]).

Oder ich hab was dazu erfunden (zum Beispiel, wenn mir gerade was Witziges eingefallen ist).

Oder ich hab den *Ben Ali Bey* gemacht, indem ich ein paar Dinge vom Dunkel hab verschlucken und andere im Licht gruselig aufleuchten lassen.

Aber das ändert nichts daran, dass alles wahr ist, was ich geschrieben hab, denn

*eine Wahrheit ist eine Wahrheit,*

ganz egal, mit welchen Wörtern und Sätzen und Liedern man sie verkleidet.

**Vergessen Sie nicht,**
**dass Anouk Vogelsang Trägerin des Unnormal-Gens ist**
**und auch die Wahrheit**
**nur auf unnormale Weise erzählen kann.**

Jedenfalls.

Das Konzert war der absolute Knaller. Inzwischen hatte

sich die *Raumzeit* rappelvoll gefüllt mit diesen langhaarigen Lederjackenleuten, die immer zu *Gryphos* kommen und »Philipp!« brüllen und volle Lotte auf seine Musik abgehen und die ich aus Gewohnheitsliebe immer einen nach dem anderen umarmen könnte (obwohl ich keinen von ihnen kenne).

Als die Greifen in einer Wolke Trockennebel auf der Bühne aufgetaucht sind, die Scheinwerfer sie blau-lila angestrahlt haben und die ersten Gitarrenklänge durch den schummerdunklen Saal gedröhnt sind (wodurch mein Körper begonnen hat, auf diese ganz spezielle Metal-Art zu vibrieren, die ich kenne, seit Philipp mich zum ersten Mal in einen Club mitgenommen hat), haben alle Fans geschrien. Sie haben die Hände gehörnt und sich so weit wie möglich nach vorne gedrängt und ich wär dabei fast zerdrückt worden. Was aber nicht weiter schlimm war, denn rechts von mir hat Lore gestanden und links von mir Moritz, und von den beiden lass ich mich ganz gern mal zerquetschen.

Lore hat trotz Ohropax zuerst ein bisschen gequält ausgesehen, aber mit der Zeit schien sie es immer besser zu finden, und einmal hat sie sogar unauffällig (aber so, dass ich es trotzdem erkannt hab) eine Teufelshand gemacht.

Moritz ist fast ausgeflippt.

Er hat gehüpft und geheadbangt und mitgesungen, als hätten ihn all seine Totenkopfschwärmer in einen wilden Flattertanz versetzt, und wir sind mehrmals zusammengestoßen, mit den Ellbogen und Ohren und mit den Hüften, allerdings ohne Schmerz, sondern auf diese merkwürdig kribbelige Art, die uns jetzt dauernd passiert. (Einmal übrigens auch mit den Mündern. Natürlich aus Versehen.)

Also: Er hatte Spaß.

Nur bei MaMi und Matrix konnte ich nicht erkennen, ob es ihnen gefallen hat (beziehungsweise ob sie es sehr schrecklich gefunden haben) und ob sie sich einigermaßen metalmäßig benommen haben, weil sie mit Kathrin ganz hinten stehen geblieben und vielleicht auch ab und zu mal rausgegangen sind. Aber immer kann man ja auch nicht auf seine Mütter aufpassen.

Umso besser hab ich Philipp sehen können, meinen höchsteigenen Samenspender, der mit geschlossenen Augen und verschwitztem T-Shirt auf der Bühne gestanden, wie ein Wahnsinniger in die Saiten gehauen und englische Texte geshoutet hat, von denen ich manchmal sogar ohne Google-Übersetzer was verstanden hab, und die von *Zerstörung* gehandelt haben und von *Einsamkeit* und *Lüge* und *Rebellion,* und einer hatte sogar irgendwas mit Fantasy zu tun.

Die meisten Songs hab ich noch nicht gekannt, aber sie waren besser als alles, was ich jemals von *Gryphos* gehört hatte, und ich hab mich auf einmal richtig doll auf die CD gefreut (für den Fall, dass sie irgendwann fertig wird).

Apropos.

Nach dem letzten Lied musste Philipp die Katze aus dem Sack lassen, und es war ihm anzusehen, dass er es nicht gern gemacht hat. Er hat sich das Gesicht abgetrocknet, allerdings sofort nachgeschwitzt und einen langen Zug Bier getrunken. Dann ist er wieder ans Mikrofon getreten und hat sich geräuspert.

»Und nun zu unserem *First Album*«, hat er gesagt, und der Saal hat laut gejubelt. »Nach ungefähr dreihundert vergeblichen Versuchen, uns mit der heimischen Plattenindustrie anzufreunden, haben wir dieses Crowdfunding-Projekt gestartet und ...«

Jubel.

»... für die überwältigende Beteiligung bedanken, mit der wir in unseren heißesten Träumen niemals ...«

Tosender Jubel.

»... unglaublich intensive Zeit im Tonstudio, in der selbst unsere Freundinnen den Kürzeren ...«

Ohrenbetäubender Jubel.

»... trotz aller Bemühungen nicht rechtzeitig zum geplanten Termin ...«

Abebbender Jubel.

»... denn wegen gewisser Meinungsverschiedenheiten zu einer Verzögerung ...«

Verklingender Jubel.

»... euch auf unserer Homepage darüber informieren, wann die CD über unseren Online-Versand bestellt werden kann.«

Betretene Stille.

Und mitten in die Stille hinein Moritz' Stimme.

Sie hat sich ziemlich überschlagen, vor Begeisterung und vielleicht auch vor Heiserkeit, und mein Herz hat sich ebenfalls ziemlich überschlagen, als er gerufen hat:

»Meine Damen und Herren, um sich die Wartezeit ein bisschen zu verkürzen, können Sie inzwischen das erste Album von Anouk Vogelsang und Moritz Spiekmann anhören. Es konnte zwar lediglich mit dem finanziellen Support meiner Oma in den *S-piekman Homestudios* aufgenommen werden und dauert auch nur sechsundzwanzig Minuten dreizehn, wurde dafür aber innerhalb einer einzigen Woche produziert. In fünfzig handgebrannten Exemplaren, die gleich zum Freibier verteilt werden. Raubkopien sind ausdrücklich erlaubt.«

Moritz hat eine CD unter seiner Kapuzenjacke hervorgezogen und in die Menge geschmissen, und er wollte wohl noch irgendwas hinzufügen, aber da ist Philipp von der Bühne gesprungen und hat sich zu uns durchgekämpft. Und ehe ich begriffen hab, was passiert war, hab ich mit Moritz zwischen den *Gryphos*-Jungs gestanden, Moritz hatte eine Gitarre in der Hand und einen Knopf im Ohr und vor meinen Füßen ist ein Mikrofon aus dem Boden gewachsen.

»Hey, Freunde«, hat Philipp zum Publikum gesagt, und in seinen Augen hat es verdächtig geglitzert. »Möchtet ihr eine Kostprobe aus dem Werk der wunderbarsten und verrücktesten Kinder hören, die ich je kennenlernen durfte? Anouk, die zu ihrem ersten *Gryphos*-Konzert gekommen ist, als sie gerade erst aus dem Ei geschlüpft war, und Moritz, der schneller Gitarre spielt, als ein Greif fliegen kann?«

Und **hell no!**

Auf einmal war der Saal wieder voller Jubel.

Ich war so tödlich aufgeregt, dass ich alles bereut hab, was ich mir ausgedacht hatte. Eigentlich war mein Plan nämlich beim CD-Verschenken zu Ende gewesen, und bis dahin hab ich ihn auch echt gut gefunden, aber vor lauter Eifer und Eile hatte ich irgendwie vergessen einzukalkulieren, dass die Dinge bei mir meistens … unplanmäßig verlaufen, sodass irgendwas anderes dabei herauskommt als gedacht. Und nun stand ich also auf einer echten Bühne in einem echten Undergroundclub und sollte vor einem Haufen echter Metalfans –

Nein, das war NICHT lustig.

Das war der ERNSTFALL.

Gerade hat MaMi mir eine Halbliterkaraffe Apfelschorle und ein Päckchen Traubenzucker in mein Zimmer gebracht, und das ist ein Segen, denn mein Mund wird schon bei der ERINNERUNG wieder trocken, und meine Muskeln fühlen sich so schwach an, dass ich fast vom Schreibtischstuhl kippe.

»Spiel eins von deinen Instrumentalstücken«, hab ich Moritz zugeflüstert, »bitte!«

Aber mir war im selben Augenblick klar, dass er sich niemals darauf einlassen würde. Ich konnte gerade noch Lore den LETZTEN STERBEBLICK zuwerfen (O-Ton! Lore Pfeifer bei ihrem Bericht!), bevor mich ein Scheinwerfer geblendet und der Trockennebel umschleiert hat und nur noch das Intro zu *Wörter* zu mir durchgedrungen ist.

Und *Wörter*, ja, Wörter, das geht so:

*Es gibt welche mit -isch und welche mit -heit,*
*Es gibt höllisch und himmlisch und Barmherzigkeit,*
*Es gibt solche mit -ig und solche mit -iebt,*
*Ihr ahnt nicht, wie viel zigtausend Wörter es gibt.*

*Es gibt welche auf Englisch und welche auf Deutsch,*
*Es gibt* Devil *und* Goddess *und, glaubt mir!, auch* Queutsch,
*Es gibt solche für* Frieden *und solche für* Krieg,
*There're some words for* Quietude *and some for* Intrigue.

*Es gibt welche mit -lich und welche mit -gion,*
*Es gibt* schrecklich *und* zärtlich *und* Rebellion,
*Es gibt solche für* Stille *und solche für* Krach,
*They're whispering and shouting vielhundertfach.*

*Von allen Freunden sind Wörter die besten,*
*I'll sign our friendship with ink.*
*Sie sind bei mir in Nöten und Questen*
*And the word ship will never sink.*

*Es gibt welche für Bücher und welche für Songs,*
*Die erzählen von Rights und erzählen von Wrongs,*
*Es gibt solche für Memoiren und solche fürs Gedicht.*
*Die Wörter, ich schwöre, verlassen euch nicht.*

*Es gibt welche für* Spaß *und für* Traurigkeit,
*Es gibt* lucky *und* miserable *und* Water Sprite.
*Es gibt Wörter, die klagen: Du hast nichts gecheckt!*
*Und solche, die sagen: Du bist voll korrekt!*

*Manche verschick ich, die schenke ich dir,*
*Und manche behalte ich lieber bei mir.*
*There're words for a Lad and words for a Maid,*
*Und jedes von ihnen ruft: Don't be afraid!*

*Von allen Freunden sind Wörter die besten,*
*I'll sign our friendship with ink.*
*Sie sind bei mir in Nöten und Questen*
*And the word ship will never sink.*

Was genau passiert ist, musste Lore mir hinterher erzählen, denn mir war, als wäre ich in ein Fantasybuch eingestiegen, in dem Kinder eine andere Welt betreten und dort hochgefährliche Dinge tun, die sie vorher noch nie getan haben (also unnormale Dinge [also NOCH unnormalere Dinge als sonst]) und die sie später auch nicht mehr wissen können, weil natürlich Zauber im Spiel ist und magische Kräfte, die alle Erinnerungen verwischen.

Jedenfalls bin ich doch nicht gestorben, auch wenn es sich so angefühlt hat. Im Gegenteil.

Angeblich hab ich gesungen.

Erst krächzig.

Dann klar.

Ich soll mit dem Kopf gebangt haben und mit den Füßen gewippt und beim Refrain ins Mikrofon geshoutet, und als das Lied zu Ende war und die netten Lederjackenleute »Anouk!« brüllten und »Moritz!« und Philipp uns seine schlenkerigen Arme um die Schultern legte, soll ich ganz außer Atem noch gesagt haben: »Aber das Cover von unserer CD, das hat Lore gemalt.«

Mehr kann ich nicht sagen. Ich war so müde. Ungefähr so müde, als wäre ich tausend Kilometer unterwegs gewesen (zu Fuß, wohlgemerkt, oder meinetwegen mit dem Fahrrad), ohne zu merken, wie anstrengend es die ganze Zeit gewesen war. Aber so, als wäre ich nun am Ziel und da würden lauter Leute stehen und fähnchenschwenkend auf mich warten, und plötzlich hab ich jeden einzelnen Muskel gespürt und jeden Knochen und wollte nur noch schlafen.

Sie haben WIRKLICH alle dagestanden, übrigens.

Moritz und Lore.

MaMi und Matrix.

Philipp und Kathrin.

Sie waren alle, alle da und ich war irgendwo mittendrin.

Natürlich konnte ich NICHT sofort schlafen. Erst mussten wir CDs verschenken und mit Freibier anstoßen (das in meinem Fall aber nur Apfelschorle war [allerdings im Bierbecher]) und hier und da musste ich sogar für einen besonders treuen Metal-Fan meinen Namen mit Edding auf eine CD-Hülle schreiben.

Ich musste Fragen beantworten und mir ein *Gryphos*-T-Shirt schenken lassen, das mir zwar ziemlich viel zu groß war, aber sehr gut zu meiner schwarzen Wildlederhose gepasst hat, und Philipp hat gesagt: »Scharf siehst du aus, meine Lieblings-Anouk.«

Aber bei all dem war ich nicht mehr richtig dabei. Ich erinnere mich auch nicht mehr genau, wann Moritz abgeholt wurde, und dass wir Lore nach Hause gebracht haben, ist ganz und gar weg. Ich weiß gerade noch, wie ich ins Auto eingestiegen bin, und danach ist alles dunkel.

So dunkel wie eine Wolfsschlucht.

Oder wie eine *Vogelinsel*, über der die Nacht angebrochen ist, sodass alle Vögel dicht zusammenrücken und die Schnäbel ins Gefieder stecken. Aber es ist eine freundliche Nacht unter einem klaren Septemberhimmel, genau wie es heute eine wird.

Jetzt ist die Sonne untergegangen, ein paar pinke Wolken kleben noch über den Dächern, aber wenn ich mich mit der rechten Wange an die Scheibe lehne, kann ich auf der anderen Seite schon den Mond entdecken.

Und auch jetzt bin ich müde. Gerade ist Matrix reingekommen, hat alle Teller und Schälchen und Gläser und Gabeln eingesammelt, weil sie den Geschirrspüler anstellen wollte, und hat gesagt, mein Blick sei vom vielen Schreiben schon ganz glasig.

»Hast du das noch im Griff?«, wollte sie wissen. »Oder muss ich mir Sorgen über Schreibsucht und massenhafte Medienproduktion machen?«

»Hallo?«, hab ich gerufen. »Massenhafte Medienprodukti-on? Ich bin doch nicht mainstream!«

Aber dann hat Matrix gesagt, in ihrer großen Verantwortung als Mutter einer Tochter, die mit dem Unnormal-Gen zur Welt gekommen sei, verordne sie mir einen schreibfreien Tag, was sowohl meine Memoiren betreffe als auch das Erschaffen von Songtexten.

»Hast du mein Lied überhaupt gehört?«, hab ich gefragt. »Ganz ehrlich? Oder warst du da immer noch mit MaMi und Kathrin draußen und hast gequatscht?«

Matrix hat mich ganz eigenartig angelächelt. »Nee, nee, DAS hab ich gehört«, hat sie gesagt.

Und ich glaub, sie sagt die Wahrheit.

Aber was die Sache mit dem schreibfreien Tag betrifft: Morgen mach ich mal andere Sachen nach der Schule. Vielleicht sogar … was Normales. Nur so zur Abwechslung. Ich erschaffe mir eine Familie und spiele das Spiel.

Es kann ja eine Familie mit zwei Müttern sein. Oder mit zwei Vätern. Oder eine rock ’n’ rollige mit ganz vielen Männern und Frauen.

Genau. Das mach ich.

Und guck, was passiert.

## Montag, der 24. September
### (Der Tag, an dem meine Mütter selber schuld sind)

# Aaargh!

Kann ich was dafür, dass ich jetzt doch was aufschreiben muss?

Nein. Meine Mütter sind schuld. Sie ganz allein. Und ein kleines bisschen vielleicht auch die heiratstolle Kathrin. Von wegen Ansteckung und dergleichen. Aber ich glaube, EINFANGEN muss man sich den Hochzeitsvirus schon selber. Und Ja dazu sagen. Und verrückt genug sein, um die Sache auch durchzuziehen.

MaMi hat es mir beim Mittagessen erzählt. Eigentlich sollte sie warten, bis Matrix von der Arbeit zurück ist, und wir sollten uns gemütlich zu dritt zusammensetzen und Waffeln essen und ganz in Ruhe ins Reden geraten, aber dann hat sie sich verplappert, und ich musste ihr hoch und heilig versprechen, nachher so zu tun, als wüsste ich von nix.

Also.

MEINE MÜTTER DENKEN ÜBERS HEIRATEN NACH (und zwar als DOPPELHOCHZEIT MIT PHILIPP UND KATHRIN [wobei Philipp von seinem GLÜCK noch nichts ahnt]).

Beziehungsweise: SIE SIND WILD ENTSCHLOSSEN!

Angeblich als ZEICHEN.

Aber ich glaube, sie haben einfach nur Lust drauf gekriegt, nachdem Kathrin sie lange genug mit ihren eigenen Hochzeitsplänen bombardiert hat. Lust auf

Romantik und
Brautkleider und
ewige Liebe.

Und darauf, mal wieder mit Philipp gemeinsame Sache zu machen. Irgend so eine verrückte Aktion, genau wie ich damals eine war. Weil wir familienmäßig ja doch alle zusammenhängen.

Ich meine, zugegeben, im Vergleich zu Philipp, bei dem man *ja nie weiß,* könnte das mit der ewigen Liebe bei meinen Müttern sogar hinhauen. Wo sie eh schon so viele Jahre zusammengehalten haben.

Aber der Rest?

Also: die Romantik?

Und die Hochzeitskleider?

MaMi hat eben gesagt, ich könne im Standesamt ja mein japanisches Wickeloberteil anziehen, das würde doch wunderbar passen, so als japanische Brautjungfer, die sogar schon mal eine Geisha werden wollte.

Da hab ich ein ungutes Gefühl gekriegt. Womöglich geht sie selbst dann als *Walküre,* mit Tittenharnisch und goldener Schärpe, und Matrix setzt sich einen Blumentopf auf den Kopf.

Ich werde sie früh genug danach fragen und, falls nötig, den einen oder anderen Verschwindetrick einstudieren.

Obwohl, was soll's.

Schlimmer als schlimm kann es ja kaum werden, und wem was nicht passt, der hat Pech gehabt.

Im allerschlimmsten Fall schreib ich ein Lied darüber. Moritz und Lore werden mir bestimmt helfen.

Und dann shoute ich es in die Welt hinaus.

***Ich, Anouk Vogelsang,***
***die immer was Komisches***
***zu verkünden hat.***

*Hell yeah!*

# Danksagung

Mein Dank gilt Frauke Reitze, die Anouk trotz (oder wegen) ihres Unnormal-Gens sofort ins Herz geschlossen hat. Ohne ihre Hartnäckigkeit wäre dieses Buch nicht entstanden.

Barbara Küper gab Anouk und mir Geleitschutz, als wir ihn benötigten.

Ruth las mit Scharfsinn, was ich mit Herzblut schrieb, und rückte mir den Kopf zurecht, wenn ich ihn wieder mal in den Wolken trug.

Danken möchte ich auch Sabine, die sich auf der Bühne niemals versteckt, Anja, die ein komisches Leben führt (und es liebt), Stephie, die Schutz vor Krokodilen kennt, und Nina, die um die Freundschaft der Wörter weiß.

Thomas verschaffte mir Einlass zu etlichen Opern.

Thorsten verdanke ich *Nevermore* und die Bekanntschaft mit *Ziltoid the Omniscient.*

Ich danke Martin für die erhebenden Gespräche, fürs Lesen, Mitdenken und seine Lanzenbrüche für die Fantastik, wenn ich ihm mit Realistik kam.

Magdalena, die mit den Vögeln fliegt, und Ferdinand, der Metal spielt, haben einmal mehr ihre unnormale Mutter ausgehalten und Anouk großherzig bei uns willkommen geheißen. Bleibt anders!

Nikola Huppertz, im März 2016

# Just me
## Neue Lieblingsbücher für Mädchen

Kristina Dunker
*Ins Blaue hinein*
256 Seiten. Klappenbroschur
ISBN 978-3-649-66988-3
Auch als **ebook** erhältlich:
ISBN 978-3-649-62525-4

Eigentlich hat Merle keine Lust auf Urlaub bei den Großeltern. Im Feriendorf trifft sie jedoch auf Felix, mit dem sie so herrlich den Waldsee erkunden und fantastische Geschichten erfinden kann. Auch mit Dana ist sie gern unterwegs, obwohl diese alle Jungs einschließlich Felix für »Kinder« hält. Eines Tages wird die Urlaubsstimmung am Waldsee gestört – muss Merle sich nun zwischen ihren Freunden entscheiden?

## … jetzt gleich reinlesen!

Leseprobe aus

*Ins Blaue hinein*

**Das Haus ist klein** und ganz aus Holz. Es knarrt bei jedem meiner Schritte, als würde es mir antworten. Es duftet auch sehr angenehm.

»Weil es lebt«, erklärt mir Oma. »Es umgarnt uns wie eine Katze, es wärmt und schnurrt, streckt sich und knurrt, und wenn der Wind durch die Ritzen pfeift, faucht es. Dein Opa nennt es *unser Hexenhäuschen*.«

Mama lacht. »Das ist aber nicht sehr nett.«

»Meinst du, weil ich dann die böse Hexe bin?« Oma tritt zum Herd, greift nach einer Bratpfanne und wiegt sie in der Hand, als überlege sie, jemanden damit zu vertrimmen.

»So habe ich das nicht gemeint«, verteidigt sich Opa. »Es gibt auch nette Hexen. Solche, die die besten Blaubeerpfannkuchen der Welt zaubern und Herzen zum Hüpfen bringen.«

»Oioioi«, juchzt Mama, »hör dir das an, Maria!«

»Immer noch der alte Charmeur.« Oma grinst breit, dreht sich um und gießt den Teig für Papas Lieblingsnachtisch in die Pfanne. »Wir hatten gedacht, Niko käme vielleicht doch …«, erklärt sie.

»Wollte er gern!« Mama nutzt die Gelegenheit, endlich von Papas Einsatz und den Fortschritten auf der Baustelle zu berichten. Die schweren Vokabeln der letzten Monate, Stahlträger, Steine, Estrich, Zement, plumpsen aus ihrem Mund und stapeln sich in der Wohnküche, die mir plötzlich eng vorkommt, als sei kein Platz für mich hier drin.

Opa stupst mich an. »Komm, ich zeig dir deine Etage.«

Er steigt vor mir die breite Leiter zur offenen Galerie hinauf. Oben fühle ich mich gleich freier. Übers Geländer blicke ich hinab auf die Nacken der Frauen (Omas deutlich brauner als Mamas), auf die Vitrine mit dem bunten Sammelsurium an Geschirr, das überquellende Bücherregal, den staubigen Kachelofen, vor dem auch jetzt, im Hochsommer, Holzsplitter liegen, auf die Schwarz-Weiß-Fotos von Städten an den Wänden (hat meine Cousine geknipst), den großen Tisch mit Laptop und Blumenvase (der Rand abgesprungen, der Inhalt selbst gepflückte Wiesenmischung) und auf die Eckbank mit den zerknautschten Kissen. Alles gefällt mir, denn hier wird nicht gebaut, hier plant und erwartet man nichts Neues, hier verändert sich seit Jahren nichts, wird (zum Glück) nicht mal groß geputzt.

Ich atme auf.

»Hm?« Opa hat es gehört.

»Alles in Ordnung«, antworte ich. Doch er wirkt nicht überzeugt. Und weil ich nicht möchte, dass er denkt, ich fühlte mich bei ihnen nicht wohl, füge ich hinzu: »Ich hab nur an was gedacht.«

»Das ist gut.« Er sieht mich weiter fragend an.

Und ich: »Wusstest du eigentlich, dass Wörter im Weg rumstehen können wie Steine, Klötze und Hindernisse? Und wenn du sie siehst, also *hörst,* bekommst du Kopfschmerzen?«

Opa legt den Zeigefinger an den Mund. Er sieht dabei wie ein Schuljunge aus, der am Bleistift kaut. »Worte haben Macht. Meinst du das?«

»Sie verursachen schlechte Gefühle. Und sie sind tückisch! Täuschen eine falsche Bedeutung vor. Zum Beispiel *Hexe* oder *Raubtier.* Ist es freundlich, wenn jemand *kleines Raubtier* zu dir sagt, oder ist es eher gefährlich, Opa?«

Jetzt kräuselt sich seine Stirn. »Das kommt auf die Situation an.«

Ich weiß nicht, ob ich ihm von dem Lasterfahrer berichten soll, das ist nun wirklich unwichtig, und doch ... es ist wie eines der Malbuchbilder, dessen Form erst erkennbar wird, wenn man alle Punkte zu Linien verbunden hat.

Ich sähe schon gern klarer.

Unschlüssig gehe ich am Bett vorbei (auf meinem Kopfkissen liegt ein Geschenk) und öffne das Giebelfenster: ein auffliegender Buchfink, Kiefernzweige, die ich mit ausgestrecktem Arm berühren kann – und weit hinten, nur hier und da zwischen den Bäumen sichtbar, aber verlockend glitzernd, der See.

Opa zeigt in die andere Richtung. »Dort wohnt dein neuer Freund.«

»Ich weiß doch noch gar nicht, ob Felix und ich Freunde werden!«

»Doch, da bin ich mir sicher.«

Wir schweigen einen Moment.

»Ich glaube, wenn Felix zu dir *kleines Raubtier* sagen würde, wäre das in Ordnung. Wenn es aber jemand, der groß und stark ist, zu jemandem sagt, der schwächer ist, vielleicht zu einem Kind, dann ...«

Opa hustet trocken.

»... weiß man es nicht so genau«, ergänze ich.

Er nickt.

»Es war nichts ...«, sage ich. »Es ist nur manchmal so kompliziert alles.«

Oma und Mama klappern auf der Veranda mit Geschirr.

Eine Meise flötet, fliegt auf einen nahen Zweig, sodass ich ihr aufmerksames Gesicht und das blaue Mützchen sehe. Der Kopf neigt sich zu mir.

Ich hole tief Luft. Und dann erzähle ich, schnell und sprunghaft, von verunsichernden Wörtern und veränderten Menschen, auch vom Umzug, alles kurz, hastig und durcheinander – nur die Tattoos des Lasterfahrers, die beschreibe ich ausgiebig.

»Ein gruseliges Durcheinander«, sage ich zum Schluss (und meine alles), aber wir lachen, Opa und ich, beide erleichtert. Bis er mir plötzlich zuzwinkert und gesteht:

»Ich wollte mir immer eine Tätowierung stechen lassen, weißt du? Deine Oma ist dagegen. Dabei wusste ich schon als Junge, wie sie aussehen soll. Eines Tages mache ich es noch.« Er nickt vor sich hin. »Ich mach's einfach. Aber sag's Oma nicht. Sie redet's mir sonst aus.«

Ich sehe ihn bewundernd an. Das hätte ich nicht gedacht!

»Ich sage nichts«, verspreche ich. Und dann, neugierig, muss ich aber einfach fragen: »Was willst du dir denn tätowieren lassen?«

Opa wiegt den Kopf hin und her. »Ein Tier.« Er grinst mich verschmitzt an. »Nicht das *kleine Raubtier,* das dir kein Kopfzerbrechen mehr bereiten sollte. Du hast ein gutes Gespür für Wörter, lass dich nicht verunsichern!« Er wuselt mir durchs Haar. »Aber es ist immer gut, vorsichtig zu sein. Gerade, wenn du Leute nicht kennst.« Opa räuspert sich, überlegt wohl, ob er noch mehr sagen soll, zögert.

»Wörter sind verräterisch«, beende ich das Thema.

»Ja.« Er lacht. »Sie verraten oft mehr über die Absichten der Menschen, als die eigentlich preisgeben wollen. Du hast das gut beobachtet. Aber Wörter können auch Gutes tun.«

»Was denn?«

In diesem Moment ruft Mama von unten: »Essen!«

»Das«, Opa schnipst mit den Fingern, »ist zum Beispiel ein sehr gutes Wort, eins der besten, die ich kenne.«

Wir lachen uns an.

Der Zeitabstand, in dem wir uns nicht gesehen haben, die Wochen und Monate zwischen Geburtstagen und Weihnachten schrumpfen zusammen und verschwinden ganz. Wir kennen uns, sind uns vertraut, das ist mein Opa.

Opa und Oma.

Auch wenn ich sie ewig nicht mehr in ihrem Ferienhaus besucht habe: Ich bin zu Hause. Angekommen.

»Welches Tier ist es?«, drängle ich. »Ich sag's auch bestimmt nicht weiter.«

»Du wirst es gleich Felix erzählen!«

»Warum sollte ich?«

»Weil ihr sicher Freunde werdet. Das habe ich im Gefühl. Na, du darfst es ruhig sagen, es ist kein Geheimnis.«

»Aber doch etwas, das du nicht jedem erzählst.«

»Das allerdings«, bestätigt Opa, legt mir verschwörerisch den Arm um die Schultern und senkt die Stimme. »Also gut, Merle. Ich lasse mir einen Fisch tätowieren. Einen besonderen Fisch. Einen, den ich schon lange kenne, der sozusagen mein alter Freund ist.« Opa zeigt aus dem Fenster. »Er wohnt dort im See. Wenn du willst, erzähle ich dir später von ihm.«

Quellenangaben

S. 5: aus *Reality Hunger,* © 2010 by David Shields

S. 121, 206: aus *Englisch lernen mit dem Kleinen Wassermann*
Nach Motiven des gleichnamigen Kinderbuchs
von Otfried Preußler
© 2005 Karussell

S. 167: aus dem Song *And The Maiden Spoke*
vom Album *The Obsidian Conspiracy*
Artist: Nevermore
Musik: Jeff Loomis
Text: Warrel Dane
© 2010 Magic Arts Publishing Ltd/Edition Musikkontor